Décision

Guillaume de Lafarge

Décision

Les petits pieds de Zoé

© 2022, de Lafarge
Édition : BoD – Books on Demand,
12/14 rond-point des Champs-Élysées, 75008 Paris.
Impression : BoD - Books on Demand, Norderstedt, Allemagne
ISBN : 978-2-3224-0634-0
Dépôt légal : mai 2022

« Tous les hommes pensent que le bonheur se trouve au sommet de la montagne alors qu'il réside dans la façon de la gravir. »

Confucius

Lucas

Pendant cinq ans il n'a pas eu de prénom. Après une brève existence *in utero*, il avait presque disparu de nos mémoires, à sa mère et à moi. Du moins je le pensais.

J'ai fait des études dans la discipline où j'étais le moins mauvais. Après trois ans de classes préparatoires scientifiques, j'ai intégré une école d'ingénieur sans avoir eu trop de questions à me poser. Sur les conseils de mon père, j'ai enchaîné avec un troisième cycle, c'était «bien» d'en faire un. À la sortie, j'ai tout de suite trouvé un emploi dans un secteur que je ne connaissais pas : la banque. C'était à l'opposé de mon stage de dernière année dans un bureau d'étude d'aéronautique. Ça ne pouvait être que plus dynamique, c'était tout ce qui comptait.

Au même moment, j'ai emménagé avec ma copine, Nathalie, que j'avais rencontrée trois ans auparavant. C'était la petite sœur d'un camarade de promo. Elle avait vingt-et-un ans.

Deux ans après, nous étions mariés. Ce fut un mariage on ne peut plus traditionnel, dans la cathédrale de Lectoure. C'était une suite logique, venant tous les deux de familles pratiquantes, et classique de mon côté.

J'ai eu ensuite un premier enfant, à vingt-neuf ans, une fille prénommée Manon.

Rétrospectivement, j'ai passé mes trente premières années sans avoir à m'interroger, évoluant sur un chemin social quasiment tout tracé, contraint aussi par le poids de mon histoire familiale qui me poussait à une certaine forme de réussite professionnelle et sociale.

Trois ans après, ma femme fut de nouveau enceinte. Une grossesse normale pendant les quatre premiers mois. J'avais très envie d'avoir un fils et j'attendais avec impatience l'échographie du cinquième mois.

Vers le quatrième mois, elle m'appela juste après son rendez-vous de contrôle avec sa gynécologue pour me dire qu'elle devait faire une échographie complémentaire avec un spécialiste : notre bébé avait un problème.

De cette période, il ne me reste que trois souvenirs, tout le reste a été effacé de ma mémoire.

Mon premier est l'annonce de la nouvelle. J'étais chez moi, seul, c'était la fin d'après-midi. Je faisais une sieste dans notre chambre, dans le noir le plus complet car les volets étaient fermés. C'est un appel de ma femme qui me réveilla, juste après son rendez-vous. Au début je ne voulais pas comprendre, je lui disais que tout allait bien se passer, refusant d'envisager un problème quelconque. Mais elle m'a répété qu'il y avait quelque chose qui n'allait pas, qu'il n'y avait rien à faire, et soudain je me suis écroulé. J'ai alors appelé ma mère, en larmes.

Le deuxième est à la maternité, je suis dans le bureau d'un médecin. Un bureau d'hôpital, sans âme, avec le même mobilier que nous avions au lycée. Des tables en aggloméré avec une armature en métal jaune vif. Je vois encore le médecin en blouse blanche, dans ce bureau qui n'appartenait à personne, avec lui me demandant ce que nous voulions faire après l'IMG[1].

---

1   Interruption médicale de grossesse.

La loi venait de changer; nous pouvions l'inscrire sur notre livret de famille et choisir de le faire enterrer.

Je n'ai pas su quoi répondre, il n'avait même pas encore de prénom. Nous avions tout juste commencé à en parler, à évoquer «Lucas». Je me sentais démuni, j'étais seul avec ce médecin, ma femme n'était pas avec moi. Et je ne sais pas pourquoi...

Étonnamment je n'ai aucun souvenir de quand et comment nous avons rapidement choisi d'opter pour une IMG. C'est sûrement parce que cela nous était présenté comme un non-choix. Lucas avait une malformation appelée méga-vessie. L'orifice d'évacuation de l'urine de la vessie ne s'était pas créé; celle-ci ne faisait que gonfler, encore et encore. Il commençait déjà à avoir d'autres malformations à cause de cela, on nous parlait de pied bot.

Les médecins nous disaient qu'il ne serait pas viable, que la situation ne ferait qu'empirer et que cette malformation n'arrivait qu'aux garçons. C'était donc un garçon. Nous pouvions retarder un peu l'inévitable en choisissant de continuer la grossesse le plus longtemps possible. Nous n'avons pas fait ce choix.

Mon troisième souvenir est le jour de l'IMG. Je l'ai revécu encore et encore, plusieurs années après, lors de mes séances d'EMDR[2] avec une psychologue, Cathy D. La maternité était à dix minutes de chez nous, en scooter. Ma femme est entrée à la maternité le matin tôt et je l'ai rejointe en fin de matinée. Pourquoi

---

2 Eye Movement Desensitization and Reprocessing (Désensibilisation et retraitement par les mouvements oculaires).

n'étais-je pas avec elle dès le début, je ne me souviens plus. Une chose est sûre, nous n'étions pas très forts en communication.

Quand je suis arrivé, la piqûre dans son ventre avait déjà eu lieu. Une longue aiguille avait été introduite à travers sa peau, pour rentrer dans le liquide amniotique et déposer une substance qui met fin à la vie en arrêtant les battements du cœur de notre enfant.

Il s'en est suivi une longue période d'attente, celle qui précède l'accouchement d'un bébé déjà mort. Nous étions dans une grande chambre blanche, avec pour seul mobilier, un lit, un chariot de soins et un moniteur. Nous étions juste tous les deux, seuls avec notre enfant. Je ne savais pas comment réagir, j'étais tétanisé.

À un moment donné, Nathalie a senti que quelque chose s'était passé. Nous avons aussitôt appelé la sage-femme à l'aide du bouton prévu à cet effet. Elle est arrivée et a regardé sous le drap qui recouvrait les jambes de ma femme. Elle nous a dit que Nathalie venait d'accoucher et elle est repartie avec notre enfant. Plusieurs minutes ont passé avant qu'elle ne revienne.

Lorsqu'elle entra à nouveau dans la pièce, elle resta à distance de nous. Elle tenait dans ses bras, le plus loin possible d'elle, Lucas, mort, enveloppé dans un drap. Je ne me souviens plus de ce qu'elle a dit, je la revois juste ouvrir légèrement le drap pour nous le montrer, en insistant sur son pied bot. Nathalie ne regarda pas. Je finis par le regarder, en essayant tant bien que mal de contenir une immense vague d'émotion qui me submergeait. La suite a disparu de ma mémoire.

Je garde un souvenir très dur de cette période. J'occupais un poste exposé dans une banque de marché en pleine crise des subprimes. C'était d'ailleurs la première fois que je ressentais une peur animale chez les personnes que je côtoyais au travail. Une peur incontrôlable, irrationnelle, tout droit sortie de nos gènes.

Après l'IMG, je me suis absenté une semaine pour que nous puissions prendre du temps à deux. Nous sommes partis à Étretat, un lieu que nous aimions particulièrement. Des quelques rares souvenirs que je garde de cette semaine, la lumière en est complétement absente.

De retour au travail, je me revois encore dans le bureau de mon supérieur, Directeur général adjoint de la banque, qui en guise de bonjour m'a demandé si je n'aurais pas pu éviter de prendre des congés en cette période. Je n'ai rien répondu, juste encaissé.

Le monde de la banque est un microcosme très particulier, où des millions sont manipulés toute la journée, parfois sans en mesurer les conséquences. Dans cette banque, c'était mon responsable qui avait le pouvoir. Je me souviens de lui sortant du bureau du Directeur général et hurlant dans le couloir qu'il était un décérébré mental. Aucune réaction de la part du DG bien entendu. Il touchait une confortable prime de quasiment un million par an, et il la devait au DGA, qui en plus de cumuler la fonction de directeur financier, était lui aussi fortement intéressé au résultat.

Le DGA était un homme d'une redoutable intelligence, qui, à cinquante ans, espérait encore obtenir la reconnaissance de son père, qu'il n'aurait jamais d'ailleurs. Il était resté coincé émotionnellement au stade d'un enfant de cinq ans et sa seule réponse à la moindre frustration était la colère, une colère noire et sourde. Il était impossible d'anticiper le déclencheur de ses états de rage. Ce pouvait être un mot anodin, un geste... Il faisait régner un climat de terreur au sein de la banque et se rachetait avec le montant des primes qu'il faisait verser. Même si je trouve ce terme galvaudé, il avait tout du pervers narcissique.

Rétrospectivement, je n'arrive pas à me rappeler comment j'ai résisté au cumul des deux situations, mais les vagues souvenirs que j'en ai ne sont pas agréables. Je crois que quelques collègues étaient au courant de ce qui m'arrivait, mais c'était plutôt chacun pour soi.

Au bout d'un mois, plus personne autour de nous ne parlait de ce que nous venions de traverser. Nous communiquions peu sur le sujet, même entre nous. Naturellement, tout le monde était passé à autre chose, considérant sans doute que si nous n'en parlions plus c'est que nous l'avions « géré ».

Au bout deux mois, nous n'en avons plus parlé non plus avec Nathalie. Je pensais que nous avions fait notre deuil, que le sujet était clos. J'appris des années après que je me trompais lourdement. La réalité était tout autre. Nous sommes dotés de nos propres mécanismes de protection, qui s'étaient enclenchés dans notre cas, en enfouissant au plus profond de nous le souvenir de Lucas. Ils avaient fait en sorte que nous oubliions ce qui s'était passé pour pouvoir continuer à vivre.

À l'époque, mes parents nous avaient conseillé de lui donner un nom et de l'inscrire sur le livret de famille, mais dans notre processus d'oubli, je n'arrivais pas à en comprendre la signification.

Un an et demi plus tard, nous avons eu un autre fils, Victor. J'y tenais beaucoup à cette grossesse, je voulais conjurer le sort. Je me répétais sans cesse, comme un mantra : « Nous n'avons pas eu de chance la dernière fois, ça ne peut pas se reproduire deux fois, statistiquement parlant »…

La grossesse fut effectivement parfaitement normale cette fois, mais empreinte de beaucoup de stress, de peur de revivre ce que nous avions traversé. Victor vécut ses premières années dans l'ombre de ce frère jamais connu, jamais nommé. Pendant longtemps, il garda des stigmates de ce qui était arrivé, supportant un traumatisme qui ne lui appartenait pas. Le deuxième prénom de Victor est Lucas…

Au moment de sa naissance, j'ai changé de travail et d'entreprise, cela faisait plusieurs années que j'y aspirais sans pour autant y arriver. Pourquoi, à ce moment-là précisément, ai-je eu une opportunité ? Je ne pense pas que c'était une coïncidence. J'étais complètement absorbé par ce nouveau poste ce qui me permettait d'éviter de faire face à la peur de perdre à nouveau un enfant. Je me déconnectais inconsciemment, petit à petit, de ma vie familiale.

Cinq années passèrent. J'étais en pleine organisation d'un voyage pour nos dix ans de mariage quand ma femme m'annonça qu'elle souhaitait me quitter. Plus tard je découvrirais que l'IMG était l'une des raisons de son départ. Elle ne l'avait jamais surmontée et j'y étais intimement associé. Mon monde s'écroula. Je compris alors comment on pouvait atteindre ce point de non-retour, celui où l'on est pris dans un cercle vicieux, où tout peut s'enchaîner : le divorce, la perte d'emploi, le suicide.

Nous avions déjà pris des trajectoires différentes depuis quelques années; l'IMG avait simplement été un accélérateur de cette divergence. Un moment où vous ne pouvez pas à la fois vous réparer et dépenser de l'énergie pour maintenir une cohésion qui n'arrive plus à exister. Ce fut un divorce difficile et douloureux, comme tous les divorces, mais au moins, nous avons fait en sorte que les enfants soient épargnés.

Très peu de temps après, j'ai rencontré Juliette, qui allait devenir ma femme quelques années plus tard et j'ai décidé d'aller consulter une thérapeute, sentant que j'avais de nombreux blocages dans cette nouvelle relation.

J'étais déjà allé voir cette psychologue pour Victor, quelques mois auparavant, sur la recommandation d'un ami de mes parents. Le deux-pièces dans lequel elle reçoit est loin de l'image que je me faisais d'un cabinet de psy. Les consultations ont lieu dans une des deux pièces accessibles, l'autre étant la salle d'attente. La salle réservée aux consultations est principalement composée d'un grand canapé en cuir et d'une large table basse carrée, couverte de pierres de toutes sortes. De chaque côté de la table se trouvent plusieurs paniers pour chien. Les séances se déroulent toujours avec ses quatre chiens, qui dorment la plupart du temps et que l'on entend régulièrement ronfler. Je n'ose imaginer tout ce qu'ils ont entendu.

Cathy D., la psy, a un regard bleu qui vous transperce avec bienveillance. Elle vous regarde toujours fixement en début de séance, en vous demandant comment vous allez. Même en m'y préparant, je craquais à chaque fois. Dans le meilleur des cas, j'avais juste un trémolo dans la voix quand je répondais à la question. Son regard avait toujours un côté apaisant, malgré l'absence de cillement.

J'avais été très impressionné du travail qu'elle avait fait avec Victor. Nous y étions allés tous les quatre peu de temps après que Nathalie m'eut annoncé sa volonté de partir. Les enfants n'étaient pas au courant de ce qui se jouait, mais ils sentaient déjà que quelque chose n'était plus comme avant. C'était Victor qui paraissait le plus impacté, il avait énormément de difficultés à s'endormir le soir. Ce n'était pas un phénomène nouveau mais, de notre point de vue, cela avait récemment empiré. Cathy D. ne pensait pas pouvoir nous aider et pour elle, il fallait d'abord que nous parlions aux enfants ; ce que nous ne voulions pas faire pour l'instant.

C'est au cours de la deuxième ou troisième séance avec Victor qu'elle tomba sur le fond du problème. Nous étions loin de difficultés liées à ce qu'il se passait dans notre couple. C'était Goldorak le problème, où plus précisément, un épisode que Victor avait vu quelques semaines auparavant.

Dans cet épisode, Goldorak luttait, comme à son habitude, contre un Golgoth de Véga, sur qui il avait lancé l'un de ses fulguropoings pour le terrasser. Mais le monstre l'avait dévié avec un bouclier et l'avait fait retomber sur une ville voisine, qui fut complétement détruite. La notion que Victor avait du bien et du mal s'en était retrouvée complétement anéantie. Un «gentil» avait tué des innocents.

Ce fut ma première confrontation avec l'EMDR et la démonstration de son efficacité. La découverte que le travail d'un psychologue ne se résumait pas à écouter ses patients déblatérer sur leurs problèmes existentiels. J'avais toujours considéré que j'étais le plus à même de résoudre tous mes problèmes, dès lors que je pouvais les conscientiser. Cela pouvait prendre du temps avant de trouver le bon angle d'attaque, mais je finissais toujours par y arriver.

Pourtant cette expérience de Goldorak et ma rencontre avec Juliette m'avaient fait prendre conscience de l'impact de ce que j'avais vécu sur mon inconscient et sur mon corps.

J'étais arrivé à un point de ma vie où toutes les souffrances que j'avais accumulées et refoulées m'explosaient à la figure en m'empêchant de me lancer dans une nouvelle relation. Sans doute une réponse inconsciente de mon corps qui demandait de ne plus avoir à revivre tout cela.

Je me retrouvais donc à aller à la rencontre de mes traumatismes passés avec l'EMDR.

Cathy D., en experte du déroulage de pelote de ficelle, m'a conduit au bout de quelques séances au nœud du problème : l'IMG. Je pensais l'avoir gérée, à l'époque, et je n'avais pas vu que ce n'était que la partie émergée de l'iceberg ; que cette IMG m'avait traumatisé et m'avait affecté au plus profond de mon être.

S'en sont suivi plusieurs séances, où j'ai revécu encore et encore la scène de l'IMG ; je me retrouvais toujours dans cette salle de la maternité où tout s'était joué. Petit à petit, à force de retraverser ce souvenir, j'ai réussi à résorber le traumatisme en dissociant l'image du souvenir, des émotions associées.

Je pensais en avoir terminé avec cette scène et avec l'IMG, quand, au cours d'une séance, je suis entré en contact avec Lucas.

Je ne me souviens plus comment c'est arrivé, mais je garde le souvenir très précis d'avoir eu une longue discussion avec un enfant de cinq ans, âge qu'aurait eu Lucas s'il avait survécu. Je crois que pendant une heure je n'ai fait que pleurer. Je me suis excusé à plusieurs reprises de ne pas avoir su gérer la situation à l'époque, de l'avoir oublié… Lui m'a simplement rassuré, m'a dit qu'il me pardonnait. Les rôles s'étaient inversés.

Je suis sorti de cette séance complètement déboussolé et pendant plusieurs jours, j'ai senti très nettement sa présence à mes côtés, juste au-dessus de mon épaule gauche.

Lucas était revenu dans ma vie, et c'est à ce moment-là que je lui ai enfin donné un prénom. Pour la première fois, j'en ai parlé avec mes enfants, surtout avec Victor, qui a pu se libérer d'une partie du fardeau qu'il portait contre son gré.

Je n'avais jamais cru, jusqu'à ce moment précis, à l'impact que pouvait avoir le transgénérationnel, convaincu que seul ce qui était verbalisé pouvait réellement impacter les personnes. Je me trompais complètement. Les conséquences de l'IMG de Lucas sur Victor en étaient l'exemple le plus frappant. Nous avions tu son existence, nous l'avions oublié, mais pourtant, il était là. Et Victor, inconsciemment, avait supporté le poids de l'existence de ce frère qu'il ne connaissait pas.

Je me rassurais en me disant que la discussion que nous avions eue l'avait libéré. Mais au fond de moi je n'en étais pas si sûr, et j'espérais que le travail que j'avais fait sur moi, par rapport à Lucas, achèverait de l'aider.

Juliette

Je rencontre Juliette au moment de mon divorce, elle est depuis peu «mon» ostéopathe.

Le courant passe tout de suite entre nous, la conversation est facile et intéressante. Je suis à peu près sûr que nous nous plaisons, mais cela fait quinze ans que je n'ai pas «dragué» et je ne sais pas trop comment dépasser la simple discussion de séance d'ostéo avec elle, tout agréable qu'elle soit.

Mais depuis ma dernière première fois, les SMS ont fait leur apparition. Ils permettent de dire beaucoup de choses sans se préoccuper des conséquences. Alors un jour, sous couvert de la remercier pour sa séance, je lui propose par SMS d'aller boire un verre pour continuer nos échanges. Contre toute attente, elle accepte.

Nous passons notre première soirée à discuter d'un livre qu'elle est en train de lire sur l'amour : *Je t'aime à la philo*. Avec Juliette, rien n'est conventionnel, il y a un vent de légèreté tout au long de cette soirée qui me fait un bien fou.

Cette rencontre avec Juliette, qui deviendra ma femme, marque un point d'inflexion majeur dans ma vie. C'est elle qui m'a fait prendre un virage vital pour la suite, en termes de rapport aux soins, de rapport à l'autre, mais aussi aux émotions et au dialogue. J'en aurai pleinement conscience quelques années plus tard lorsque nous affronterons, à deux cette fois-ci, le deuil de Zoé.

Sans Juliette, je n'aurais sans doute pas su gérer et dépasser le divorce ainsi que l'IMG de Lucas, qui venait de m'exploser à la figure cinq ans après.

Avec elle, je découvre un monde à des années lumière de mon univers professionnel, où l'on se doit d'être fort, au service de l'entreprise et de ses valeurs, quand bien même elles sont très éloignées de celles que l'on peut avoir pour soi. La principale attitude, véhiculée par le management de l'entreprise où je travaille, est le mépris : celui de l'autre et des fonctions non génératrices de revenus. C'est un monde riche en termes de gymnastique intellectuelle, mais tellement pauvre humainement.

Avant de croiser le chemin de Juliette, je menais une existence de cadre sup parisien. Mon travail n'était pas une passion, j'y appréciais le côté intellectuel, complétement déconnecté de toutes formes de réalité. Je travaillais dans la gestion des risques, dans une société de gestion. Même si je connaissais régulièrement des crises existentielles par rapport à mon travail et aux valeurs véhiculées par le groupe auquel appartenait la société, j'avais fini par me convaincre que le côté cérébral de mon métier était suffisant pour lui donner du sens.

Je m'adonnais à diverses passions à côté, et cet équilibre me convenait plutôt bien. Approchant de la quarantaine et vivant à Paris, je m'étais mis à la course à pied, à la limite du comportement monomaniaque comme à mon habitude. Puis, assez rapidement, je basculais sur le trail, évolution naturelle du coureur urbain en manque de sensations et de nature.

De son côté, Juliette vient d'hériter de la charge complète de son cabinet, à vingt-cinq ans. L'ancien titulaire est parti habiter en province. Elle a depuis un an de l'eczéma sur les mains et manipulant des gens à longueur de journée, cela devient pour elle un réel handicap. Elle essaye les moyens les plus divers pour s'en débarrasser : hypnothérapie, magnétisme, coupeur de feu, mais c'est finalement avec un ostéopathe, le directeur de l'école où elle a fait ses études, qu'elle en vient vraiment à bout.

Ses pérégrinations sont pour moi l'occasion de faire deux rencontres : la première, à la découverte du folklore des « médecines » alternatives et la deuxième, qui va changer définitivement mon rapport au soin.

La première rencontre a lieu avec une magnétiseuse, Caroline, qui deviendra une amie de Juliette par la suite. Elle a eu ses coordonnées par un dépanneur informatique que connaît sa mère et qui s'essaye depuis peu à la lévitation.

Caroline, en plus de prodiguer des soins énergétiques, a la faculté de communiquer avec les guides spirituels. La communication n'est pas évidente d'après elle, et demande une certaine pratique. Cela ressemble à une conversation entre deux personnes qui seraient sous l'eau. Autant dire qu'il faut avoir un vrai don, pour arriver à comprendre ce qu'ils racontent.

Le résultat sur les mains de Juliette n'est pas concluant, mais, intrigué par ce que Juliette m'a dit de ses séances, je finis par prendre rendez-vous avec la magnétiseuse.

Je m'étais imaginé une pièce de consultation avec une lumière tamisée, une forte odeur d'encens, des tapis recouvrant entièrement le sol, une multitude de livres, bref une espèce d'antre de Madame Irma. Il n'en est rien. Caroline est en jean tee-shirt et me reçoit dans sa pièce de vie principale, d'une grande banalité pour une magnétiseuse. Le seul objet incongru est une table de massage pliante, là où aurait pu se trouver une table de salle à manger.

La première demi-heure est consacrée à la communication avec mon guide spirituel, un certain José, qui commence par faire une blague en disant qu'il s'appelle «José, un peu comme Jésus». D'après lui, j'ai été, dans ma vie précédente, son disciple quelque part en Colombie alors qu'il était chaman. La conversation avec Caroline est assez saccadée. Elle doit régulièrement s'arrêter de parler pour regarder, en direction de mon côté droit, et écouter ce que José a à lui dire.

Il lui raconte que j'ai passé ma vie d'avant à prendre de la drogue et boire de l'alcool, avec lui et des potes. Tout un programme...Elle me parle ensuite de quelques-unes des autres vies antérieures que j'ai eues. J'aurais été marchand d'épices pendant un temps, avant de finir gourou en Inde; mais aussi, matelot à l'époque de Christophe Colomb, jouant sur de petits tambours, sur le pont des bateaux.

La deuxième partie est consacrée au soin énergétique. Elle me demande de m'allonger sur la table de massage et de fermer les yeux. Je la sens au-dessus de moi, brasser de l'air avec ses bras, essayant de réaligner mes enveloppes énergétiques. Je ressens une sensation étrange, comme si j'étais sur un pan incliné et que je glissais tout doucement, mais irrémédiablement.

Nous nous réinstallons ensuite sur son canapé, où elle me parle de mon rapport à la nature et de l'importance pour moi d'être entouré d'arbres. À n'en pas douter, c'est une très bonne coach.

Au cours de ses séances, Caroline suggère à Juliette de porter des pierres pour absorber les mauvaises énergies. Elle l'envoie dans une boutique, dans le VIIIe arrondissement, Minerales do Brazil. Juliette s'y rend la semaine suivante.

Arrivée dans la boutique, elle va vers un homme dont lui a parlé Caroline, qui peut se connecter aux personnes et savoir de quelles pierres elles ont besoin. Elle prend place sur un siège collé au sien et attend. Au bout de quelques minutes, il se lève et positionne sur un plateau une dizaine de pierres en trois tas distincts. Le premier doit aller sous son lit pour l'aider à se purifier pendant son sommeil. Le deuxième est pour la poche gauche de son pantalon et le troisième pour sa poche droite.

Grace à lui, je dors avec des pierres sous mon matelas depuis six ans maintenant...

Il lui précise avant de partir, de bien penser à recharger les pierres pour ses poches dans de l'eau minérale toutes les nuits. Je me souviens encore de la tête de Victor et Manon, quand un matin, ils ont vu dans la salle de bain un verre d'eau rempli de «cailloux».

Là encore, peu d'amélioration sur l'eczéma des mains de Juliette, mais un certain inconfort la nuit, quand j'ai le malheur d'être allongé sur l'une des pierres.

En parallèle à toutes ces tentatives, Juliette commence à aller consulter le directeur de son école d'ostéopathie, un certain Bertrand J., spécialisé dans le somato-psychique. Au fil des années, il a mis au point sa propre technique pour déprogrammer le corps des traumatismes qui y sont engrammés.

C'est le seul qui met le doigt sur la cause de son eczéma : le deuil inachevé d'un ancien compagnon de sa mère, qui était encore engrammé dans le corps de Juliette. En une séance, son eczéma disparaît complétement.

C'est un deuxième point d'inflexion majeur dans ma vie, après mon expérience de l'EMDR et de ma discussion avec Lucas. Je découvre un autre monde, celui d'un corps qui forme un tout et où les tissus mous, qui assurent notre cohésion, sont tout aussi importants que nos organes nobles. Tout y est connecté et peut, à tout instant, être le réceptacle des traumatismes de nos vies et en garder la mémoire.

Juste après que Juliette m'a raconté sa séance, je commande le livre de son professeur et trouve mon nouveau «gourou».

Voulant aussi découvrir ce type d'expérience, je prends rendez-vous avec lui un soir dans la semaine. Son cabinet n'est pas très loin de mon bureau. J'y vais pour voir, assez persuadé qu'il ne trouvera rien. J'ai fini mon travail avec la psy depuis quelque temps déjà et je suis convaincu que mon divorce et Lucas sont loin derrière moi maintenant.

Je ne le vois que deux fois, pendant trente minutes à chaque fois, mais les impacts de cette heure écoulée entre ses mains sont considérables.

Lors de la première séance, il me scanne ; c'est-à-dire qu'il pose ses mains sur mon crâne et me demande de penser à des gens proches : ma mère, mon père, mon ex-femme... Il me dit être capable de sentir la réponse dans mon corps avant même que je ne la formule dans mon esprit.

À l'évocation de Nathalie, il ne ressent rien, pas un tressaillement. Intrigué, il me demande d'y penser une deuxième fois, mais toujours rien. Il me fait part de son incompréhension et je lui explique que je n'arrive pas à la voir. Je suis bloqué. Il n'insiste pas, mais me demande de réessayer de la visualiser dans les jours qui suivent. Soucieux d'être bon élève, j'essaye à plusieurs reprises de faire l'exercice demandé, mais je n'y arrive pas. C'est encore trop douloureux. Ce n'est qu'une semaine après que tout se débloquera, du jour au lendemain.

Il évoque ensuite Manon, Victor. Rien de particulier, tout va bien. Puis il prononce Lucas. Je crois qu'à la seconde où il finit de prononcer son nom je pleure à chaudes larmes sans arriver à me contrôler, et encore moins à m'arrêter.

Il me demande de m'imaginer sur un chemin au milieu d'une grande plaine couverte de hautes herbes. Je marche dans ce paysage en tenant Lucas par la main. J'entends alors sa voix m'indiquer que nous sommes arrivés à un pont : celui qui sépare le monde des vivants du monde des morts. Le pont est de style japonais, en bois de couleur sombre. L'autre rive est plongée dans le noir et contraste avec l'endroit d'où nous venons, qui est baigné de lumière. Je distingue de hautes falaises un peu plus loin de l'autre côté de la rivière. Nous nous avançons tous les deux sur le pont jusqu'à nous retrouver au milieu. J'entends à nouveau la voix de Bertrand J., qui me demande de lâcher la main de Lucas et de le laisser finir de traverser seul, pour qu'il rejoigne le monde auquel il appartient.

Mais je ne peux pas m'y résoudre, je suis tétanisé entre deux mondes avec Lucas à mon côté. Mes sanglots redoublent d'intensité. Je contemple la petite main de Lucas dans la mienne et j'ai beau essayer à de multiples reprises, je n'arrive pas à faire demi-tour et à repartir dans le monde des vivants sans lui.

Comme nous nous approchons de la fin de la séance, Bertrand J. me demande de revenir à la réalité et de laisser Lucas sur ce pont pour l'instant. Comme pour mon ex-femme, il me dit de repenser à cet instant dans les jours qui suivent, et d'essayer de laisser Lucas passer de l'autre côté.

Il me faut environ deux semaines, en essayant tous les jours, avant de parvenir à le laisser partir. Encore aujourd'hui, je le vois distinctement, sur l'autre rive, en haut d'une falaise, sous l'aile protectrice de ma grand-mère paternelle. Je ressens aussi encore le soulagement qui m'a alors rempli.

À la fin de la séance, nous prenons quelques minutes pour débriefer et, au cours de la discussion il me dit deux choses qui me marquent profondément.

La première a trait au processus de deuil. Je suis très surpris par ce que je viens de vivre et je ressens une certaine incompréhension, sachant tout le travail que j'ai déjà réalisé avec l'EMDR. Mais selon lui, l'approche du deuil dans nos cultures occidentales n'est pas la bonne : tout est fait pour accompagner les morts vers leur nouvel état, alors que ce sont les vivants, ceux qui restent, qui ont besoin d'être accompagnés dans leur nouvelle vie sans le défunt.

Sa deuxième remarque concerne la capacité des personnes, lorsqu'elles traversent une épreuve difficile, à vouloir aller mieux après. Il me dit une phrase toute simple, mais tellement vraie quand on veut bien l'entendre : « Le plus souvent, nous préférons vivre avec les souffrances que nous connaissons, avec lesquelles nous avons appris à vivre ; plutôt que d'y faire face afin d'aller mieux, mais en prenant le risque d'en affronter d'autres que nous ne connaissons pas ».

Depuis que j'y prête attention, je me rends compte que certains de mes proches sont exactement dans le cas de figure que Bertrand J. m'a décrit. Ils savent que leurs problèmes de santé, leurs troubles du sommeil, etc., sont liés à un traumatisme qu'ils n'ont pas réglé, mais ils sont totalement incapables d'y faire face pour aller mieux, et ce malgré l'impact que cela a sur leur vie. La peur d'affronter cela et de se confronter à une vie sans cette souffrance est trop forte. Je suis aussi convaincu que le temps joue toujours contre nous, car avec le temps, on s'habitue quasiment à tout.

Je sors vraiment surpris de cette séance. Autant j'avais conscience des conséquences que peuvent avoir les traumatismes sur notre esprit, autant je n'imaginais pas qu'ils pouvaient avoir des impacts sur notre corps.

Dans sa pratique de l'ostéopathie, Juliette intègre de plus en plus souvent un travail somato-psychique avec ses patients. Je suis ébahi par le nombre de ceux qu'elle doit accompagner dans un processus de deuil ou de « désengrammage » de traumatismes. En plus de l'impact sur leur vie et leur santé, qui parait évident, leurs enfants en subissent aussi souvent les conséquences, alors même que ces traumatismes ne les concernent pas.

La deuxième séance avec Bertrand J. me marque presque autant. Elle a lieu environ un mois après et commence par le même rituel de « check mental » : mon père, ma mère, mon ex-femme (je la visualise à nouveau), Juliette (épreuve de vérité au passage) et puis... mon boss. La réponse quasi-instantané de mon corps trouble Bertrand J.. Il me demande alors de repenser à mon responsable : même réaction. Il m'interroge alors sur mon boulot et sur ma relation avec mon boss. Je lui réponds que tout va bien et que je m'entends très bien avec lui. Je sens de l'incompréhension de l'autre côté de ses mains.

Il retente une nouvelle fois, mais en me précisant, cette fois-ci, de penser à mon responsable actuel. Aucune réaction dans mon corps. C'est étrange, me dit-il, car je réagis fortement au mot « boss ». Je percute immédiatement et lui parle de ce responsable que j'ai eu au moment de Lucas et qui m'a fait vivre un enfer pendant plusieurs années.

Il me demande de le visualiser dans son bureau. Je le revois, assis dans son fauteuil, le buste légèrement renversé en arrière, avec sa main gauche coincée dans le haut de son pantalon. Je me tiens debout, de l'autre côté de son bureau, en costume-cravate. J'entends la voix de Bertrand J. qui me dit de lui parler, de lui dire tout ce que j'ai sur le cœur, puis de quitter ce bureau. Je sens mon rythme cardiaque faire un bond, ma respiration s'accélère, mais je suis incapable de lui parler, et encore moins capable de lui tourner le dos pour m'en aller. Je sens à cet instant, les mains de Bertrand J. qui me manipulent le crâne, puis le torse. Je continue de lutter désespérément pour au moins réussir à sortir un mot ; ce que je finis par arriver à faire au bout de quelques tentatives. Une longue logorrhée verbale s'ensuit, pleine de confusion. Quant à partir de ce bureau, rien n'y fait. J'ai bien trop peur de tourner le dos à mon ancien responsable.

Bertrand J. me demande, à la fin de la séance, de « travailler » cette séquence dans les prochains jours ; de me remémorer cette scène et d'essayer de quitter ce bureau la tête haute. Cette fois-ci, il ne me faut que quelques jours pour y arriver.

Dès cet instant, je sens un très net changement dans

mon corps, c'est comme s'il venait d'être réinitialisé. Comme si je partais à nouveau d'une page blanche, qu'il était prêt à ce que d'autres événements de ma vie s'y impriment. Je me sens d'une incroyable légèreté pendant quelques jours.

Quand je regarde aujourd'hui ce que nous avons traversé par la suite avec Zoé, il m'apparaît clairement que ma rencontre avec Juliette, les séances avec Bertrand J. et ma discussion avec Lucas lors de la séance avec la psychologue, ont été une transition salutaire entre deux périodes de ma vie. Sans ce virage, l'histoire de Zoé m'aurait anéanti.

Après cet épisode, ma relation avec Juliette continue à suivre son cours et Juliette tombe enceinte d'Arthur, notre premier enfant, trois ans plus tard.

Malgré tout le travail que j'ai déjà fait, tant au niveau de mon esprit que de mon corps, je ne peux m'empêcher de vivre ces premiers mois de grossesse avec un certain stress : je redoute par-dessus tout que ce soit un garçon et que j'aie à revivre une deuxième IMG.
Ce n'est pas le cas, et Arthur arrive en pleine santé parmi nous, un 31 décembre vers 18 h.

À quarante-trois ans, je redécouvre les plaisirs de la paternité. Je profite d'un changement de travail au moment de la naissance, pour prendre un mois de congés afin de m'occuper de lui et de Juliette. J'en suis presque venu à croire que je ne peux changer de boulot sans naissance et inversement. J'en garde un souvenir très agréable, c'est comme avoir un premier enfant sans le stress du premier et les contraintes associées.

Avec Juliette, nous retrouvons rapidement un équilibre de couple, un équilibre à trois et à cinq, avec Manon et Victor, dont j'ai la garde partagée avec leur mère Nathalie. Juliette et moi nous avons, naturellement, rapidement envie d'avoir un autre enfant. Et au début de l'été 2020, Juliette est de nouveau enceinte, d'une petite fille : Zoé.

Une nouvelle crise financière majeure vient d'arriver avec la Covid-19 et je suis loin de me douter que l'histoire va pour moi se répéter comme en 2007.

Dès le début, sa grossesse est différente de celle d'Arthur. Elle a des nausées à longueur de journée, à tel point qu'elle va souvent vomir entre deux patients, à son cabinet. C'est en septembre, quand tout commence à dérailler, qu'elle réalise que depuis le début quelque chose cloche. Tout va s'enchaîner vite, trop vite, et nous avons l'impression de vivre une année entière en quelques mois. Mais j'anticipe quelque peu l'histoire de Zoé.

Zoé

Mardi 29 septembre, la probabilité

L'approche du quatrième mois doit marquer la fin des nausées, du moins en théorie. Après avoir effectué les examens d'usage à cette période, Juliette reçoit un appel de son gynécologue, le mardi matin, pour lui communiquer les résultats du test de la trisomie. Il entre rapidement dans le vif du sujet, comme à son habitude, et lui dit qu'il ne voit que très rarement des résultats aussi mauvais : la probabilité d'une trisomie est de 1 chance sur 40. Elle sent l'incompréhension dans sa voix, car la dernière échographie était parfaite. Juliette adore son gynéco pour son côté direct, et cette fois encore, elle n'est pas déçue.

Il l'informe qu'elle doit subir un examen plus invasif : une biopsie de trophoblaste[3]. Elle raccroche, pleure un peu et enchaîne avec un nouveau patient. Ce n'est que vers midi qu'elle me prévient.

---

3   Prélèvement de cellules du placenta, afin d'effectuer une analyse génétique et de confirmer ou non les mauvais résultats concernant la trisomie.

Mercredi 7 octobre, l'examen

Son gynéco nous oriente tout de suite vers un professeur qu'il connaît, spécialiste de ce type d'examen, mais celui-ci n'a pas de place avant neuf jours. Ces neuf jours d'attente sont interminables, nous passons nos journées et nos nuits à ressasser tous les scénarios possibles, à nous poser des milliards de questions sur ce que nous allons faire s'il y a une trisomie avérée. J'essaye de me convaincre que le problème vient de la fiabilité de la mesure, qu'il n'y a probablement rien, vu que la dernière échographie était parfaitement normale. Et puis, il y a les statistiques qui sont de notre côté : ayant déjà vécu une malformation génétique avec Lucas, une deuxième a une probabilité quasiment nulle d'arriver.

Nous nous rendons le mercredi matin dans une ville à côté de chez nous, ne sachant pas trop à quoi nous attendre.

C'est l'assistante du professeur qui nous reçoit. Elle nous amène dans une grande pièce séparée en deux, avec une partie qui sert de bureau et une autre de salle d'examen, sans qu'il y ait de limite entre les deux.

Le cabinet est resté dans son jus, les murs sont jaunis par le temps et le mobilier date des années 1980. En face de l'entrée se trouve un bureau et sur la droite, il y a le lit de consultation et l'appareil à échographie.

Le professeur et son assistante dégagent une impression de vieux couple à l'ancienne ; cela doit faire des années qu'ils collaborent. Ils ont des gestes bien rodés et se comprennent sans avoir besoin d'échanger un mot. Après les formalités d'usage, ils installent Juliette sur la table pour le prélèvement.

L'assistante me demande de rester assis en face du bureau et elle me conseille vivement de regarder droit devant moi pendant tout le temps que va durer le prélèvement. Je m'exécute sans discuter mais je me sens impuissant, presque de trop dans cette histoire.

Ils branchent le moniteur, allument une musique d'ascenseur pour détendre l'atmosphère et commencent la ponction. Au loin, j'entends Juliette pleurer.

Le lendemain, je suis dans le bureau de mon responsable pour mon point hebdomadaire. À la fin de notre réunion, il me demande d'être plus présent dans nos meetings de direction. Je me sens obligé de me justifier et lui explique brièvement ce que nous vivons. Je me rends compte que c'est difficile pour moi d'en parler et que la barrière protectrice que j'ai érigée pour contenir mon émotion est assez fragile. J'essaye d'atténuer mes propos en disant que j'ai déjà traversé une situation similaire, il y a quelques années, dont la conclusion a été un divorce. Je réalise à cet instant que j'ai une énorme angoisse au fond de moi que l'histoire se répète à nouveau. Je n'ai aucune envie de retraverser une IMG, un divorce et toutes les souffrances associées. Je sais qu'avec Juliette tout est différent, nous avons un niveau de communication et de complicité que je n'ai jamais connu avec Nathalie. Mais l'irrationnel prend souvent le dessus. J'ai les larmes aux yeux quand je quitte son bureau.

Samedi 17 octobre, voyage de noces

Nous avons prévu, depuis notre mariage, un mois auparavant, de partir une semaine en voyage de noces dans une destination Covid-friendly. Notre choix se porte sur La Baule, nous avons repéré un hôtel thalasso en bord de mer qui sera parfait pour se couper des montagnes russes émotionnelles des deux dernières semaines.

Le vendredi matin, Juliette reçoit un appel du professeur qui a réalisé l'examen. Les résultats sont négatifs, aucune trace de trisomie 13, 18 et 21. Soulagement. Il précise quand même qu'il manque encore des résultats, qui sont plus longs à obtenir, mais ils concernent des maladies très rares ; aucun risque, selon lui. Nous pouvons partir en vacances tranquilles. Il nous apprend aussi que c'est une fille. C'est la cerise sur le gâteau. Je rêve, depuis ma rencontre avec Juliette, d'avoir une fille qui s'appellerait Zoé.

Je dois avouer qu'Arthur a porté ce prénom quelques mois au début de la première grossesse de Juliette. J'étais persuadé que c'était une fille et l'amie magnétiseuse de ma femme nous avait certifié que l'âme qui s'était incarnée était féminine. Grosse erreur de sa part, son aura en a pris un coup au passage. Pour Zoé, bizarrement elle n'a pas voulu se prononcer, prétextant que le sexe des âmes n'était finalement pas son rayon.

La semaine est idyllique, le soleil est au rendez-vous et le vent aussi. Nous allons avoir notre Zoé et nous retrouvons des airs d'avant Arthur et surtout d'avant Covid.

Nous n'avons pas d'horaires, les restos sont encore ouverts ; tout est parfait. Juliette se fait masser pendant que je fais du kitesurf ; le reste du temps nous le passons ensemble à nous balader et à bouquiner.

Je recommence à mettre ma main sur le ventre de Juliette pour tenter de communiquer avec Zoé, pour la sentir se caler au creux de ma main. Je lui parle aussi, lui dis que j'ai hâte de la rencontrer.

Juliette est toujours malade, vomit trois à quatre fois par jour, mais nous n'y prêtons plus attention, enfin, moi surtout, c'est devenu presque normal.

Le samedi, nous rentrons retrouver Arthur, qui a été gardé par ma belle-mère pendant la semaine. Nous sommes heureux de le retrouver et on ne peut plus détendus.

Lundi 26 octobre, retour à la case départ

Juliette part tôt au travail pour accueillir son premier patient à 8 h 15. Sa matinée démarre tranquillement avec des patients qu'elle aime bien. Pendant sa troisième consultation, son téléphone sonne. C'est l'assistante du gynéco qui lui laisse un message. Les résultats manquants sont enfin arrivés, mais il y a un problème. Elle a transféré son dossier à un hôpital dans le centre de Paris.

Juliette prend le temps de la rappeler avant son dernier patient, vers 11 h 15, pour avoir plus de précisions. L'assistante lui explique qu'ils ont découvert une trisomie 16 en mosaïque[4] au niveau du placenta, mais qu'elle ne doit pas s'inquiéter car très souvent, le bébé n'est pas touché, seul le placenta est concerné.

---

4 Une trisomie en mosaïque signifie qu'une partie des cellules sont porteuses de la trisomie, les autres sont normales.

Mercredi 28 octobre, l'hôpital

Nous avons rendez-vous en fin de matinée à l'hôpital, qui n'est pas très loin du jardin du Luxembourg. Je passe prendre Juliette au cabinet, en scooter, et nous filons vers Paris par l'autoroute, pour être sûrs d'être à l'heure.
Arrivés là-bas, un agent de sécurité nous indique le marquage rose que nous allons devoir suivre pour arriver au service de diagnostic anténatal. Une couleur parfaitement choisie, avec un côté rassurant qui doit préparer psychologiquement les couples qui passent par ce service. En revanche, la réflexion s'est perdue en chemin. La première flèche nous conduit dans un hall immense, d'une centaine de mètres carrés, avec une petite cafétéria sur la gauche et les guichets des admissions sur la droite. Nous mettons quelque temps à trouver le deuxième point rose. Il se trouve au-dessus d'une porte, à l'opposé de là où nous sommes. Une porte sans fenêtre, qui ressemble plus à une issue de secours et vous donne envie de tout sauf de continuer. Nous poussons la porte et nous retrouvons dans un couloir jaune pâle qui part sur la droite. Au bout se trouve un énorme pilier cylindrique, avec un léger espace de chaque côté, pour permettre de continuer vers un deuxième couloir, sur la gauche cette fois-ci. Sa largeur est réduite de moitié par rapport à l'autre. Nous avons l'étrange impression d'être au purgatoire, que tout est fait pour nous décourager d'avancer et qu'à chaque virage, nous allons arriver dans une salle qui sert de débarras, comme si on voulait nous faire passer un message sur le trajet.

Quelques virages plus loin, nous nous retrouvons enfin devant des ascenseurs, avec un gros rond rose au-dessus, et l'indication du service de diagnostic anténatal au deuxième étage. Après une rapide ascension, nous nous signalons à l'accueil et attendons qu'une sage-femme vienne nous chercher.

Un quart d'heure plus tard, Sophie, une sage-femme, vient nous chercher, avec au passage une petite remarque, l'air de rien, sur le fait que rouler en scooter enceinte n'est pas très indiqué. Nous ne savons pas quoi lui répondre et je réalise, à ce moment-là avec effroi, qu'inconsciemment, nous avons déjà probablement condamné Zoé.

Sophie est brune, cheveux courts, elle mesure dans les 1,65 m, mais c'est surtout son regard qui capte l'attention des gens. Elle a des yeux marron clair très expressifs.

Nous sommes reçus par le Professeur B., un homme assez grand et mince, avec une montre de sport à son poignet, comme tout quarantenaire qui cherche à s'entretenir. Il a un type de visage qu'on oublie facilement, et ce d'autant plus qu'il s'astreint à y gommer la moindre trace d'expression. À côté de lui, sur sa droite, se tient une interne. Sophie est installée à sa gauche. Un long bureau nous sépare d'eux.

Il prend notre dossier et commence l'énumération des faits : il est très rare de détecter ce type de trisomie à ce stade, généralement on la découvre en fin de grossesse, lorsque l'on constate un retard de croissance ; même si le pourcentage de cellules trisomiques est très élevé, dans 90 % des cas, cela reste au niveau du placenta et ne concerne pas le bébé ; ce type de trisomie en mosaïque, si elle reste confinée au placenta, engendre toujours un retard de croissance et une prématurité, mais pas de retard de développement.

Notre cas est tellement rare qu'il a demandé à un professeur de génétique de se joindre à lui. Celui-ci arrive au milieu de la consultation. Il doit faire dans les 2 m, le regard caverneux, et on sent qu'à son âge il ne sait toujours pas quoi faire de ses longs bras. Il reprend les explications et corrobore tout ce que nous a déjà dit le Professeur B. Je me dis que nous avons vraiment de la chance d'habiter en France, en région parisienne, que nous sommes entre de bonnes mains. Nous avons deux professeurs pour s'occuper de nous.

Ils emmènent Juliette faire une amniocentèse[5] pour vérifier que Zoé n'est pas atteinte. Pendant ce temps, j'attends dans le couloir, seul. Ce deuxième prélèvement se fait aussi sous échographie car le risque de fausse couche est important. Heureusement pour Juliette, elle n'a pas été prévenue qu'elle allait subir cet examen et n'a pas eu le temps de stresser.

Une fois installée sur la table d'examen, le professeur cherche un endroit où introduire l'aiguille, à l'aide de l'appareil à échographie. Mais à chaque fois qu'il s'apprête à piquer, Zoé se déplace et vient se mettre pile à l'endroit où il comptait effectuer le prélèvement, comme si elle ne voulait pas qu'on sache si elle é-

---

5 Prélèvement du liquide amiotique.

tait porteuse de la trisomie, comme si elle luttait déjà pour sa survie. Mais personne dans la pièce ne le voit sous cet angle, tout le monde rigole de ce bébé déjà coquin.

Le lendemain matin, Juliette reçoit un appel du Professeur B., qu'elle prend entre deux patients, c'est presque devenu une habitude. Il lui donne les résultats du premier type d'analyse : il y a 5 % de cellules trisomiques dans le liquide. Le verdict tombe, Zoé est sûrement atteinte de mosaïque fœtale. Un rendez-vous est prévu pour le mercredi suivant afin que nous puissions en reparler avec toute l'équipe. Normalement, ils auront aussi les résultats d'une deuxième méthode d'estimation, mais qui est moins précise. Le Professeur B. met déjà Juliette en garde : si les résultats sont différents entre les deux méthodes, cela compliquera fortement la situation...

C'est après ce rendez-vous que j'en parle pour la deuxième fois, à mon travail. Je suis à nouveau en mode télétravail et au début d'un de mes points hebdomadaires avec mon responsable, il me demande où nous en sommes avec la grossesse. Je lui explique simplement ce que nous traversons, le choix que nous allons sans doute devoir faire. C'est une conversation délicate pour moi ; je ne suis pas habitué à ce genre de proximité, ayant plutôt tendance à cloisonner. Mais je sens que cela me fait du bien et m'enlève une certaine pression. La parole se libère aussi de son côté.

J'en parle aussi à quelques collègues dont je suis proche. Leurs réactions sont à l'opposé de ce que j'avais connu pour Lucas. Quasiment à chaque fois, c'est l'occasion de rentrer un peu plus dans l'intimité de chacun. Un moment d'échange différent de ceux que l'on connaît avec nos amis, mais tout aussi important.

Mercredi 4 novembre, le deuxième test

Nous passons bien évidemment le week-end à en discuter. Depuis le début, nous suivons le chemin de la probabilité la plus faible et de l'impact le plus important.
Juliette cherche sur Internet des informations. Elles sont bien peu nombreuses et nous en arrivons à la conclusion que si la deuxième méthode d'analyse confirme le résultat de la première, nous choisirons l'option de l'IMG. Nous laissons peu de place au doute.

Rétrospectivement, nous nous sommes peu posé de questions, le choix semblait assez évident, d'autant plus que la trisomie 16, lorsqu'elle est totale, conduit toujours à une fausse couche.

Arrive le mercredi, nous nous retrouvons dans le même bureau, à la même place, mais avec une nouvelle interne dans l'équipe, qui remplace la précédente. Le professeur de génétique est lui aussi présent.
Nous sommes très stressés et nous attendons fébrilement la confirmation de la trisomie fœtale par la deuxième méthode d'analyse, pour discuter de nos options. Le résultat de cette analyse est vite mis sur la table : il ne montre pas de cellules trisomiques. C'est la douche froide, toutes nos certitudes tombent d'un seul coup.
Le professeur de génétique prend alors la parole, il est désemparé et nous dit qu'il n'a aucun test à nous proposer pour en savoir plus ; pour savoir si Zoé est réellement atteinte de trisomie.
Il a passé ces derniers jours à faire des recherches

dans la littérature médicale, mais rien... enfin, presque rien. Trois cents enfants dans le monde sont nés avec une trisomie 16 en mosaïque au cours des vingt dernières années. Mais aucun suivi n'a été réalisé. On ne sait pas s'ils ont vécu plus d'une journée, ni comment. Il a aussi trouvé une étude canadienne sur vingt enfants atteints de trisomie 16 en mosaïque qui ont été suivis jusqu'à l'âge de dix ans. L'échantillon est faible et l'étude ne dit pas comment ils ont vécu leurs dix premières années. Il continue, comme s'il se parlait à lui-même, disant que le problème de la mosaïque, c'est qu'on ne peut savoir son étendue, ni quels tissus sont touchés. Peut-être aucun, peut-être certains muscles, peut-être le cerveau, le cœur, tout est possible. Puis il se tait, son silence en dit long. Nous le sentons désemparé, il n'a rien d'autre à nous proposer. Pire, tous les tests que nous avons réalisés n'ont fait qu'augmenter notre incertitude. C'est là tout le paradoxe de la médecine moderne, il est maintenant possible de faire des tests génétiques très tôt, de connaître le sexe du bébé, la couleur de ses yeux, mais au final, dans notre cas, cela se traduit par une plus grande confusion.

Le Professeur B., sentant sans doute aussi notre désarroi, nous dit que, quelle que soit notre décision, ils nous accompagneront. Ils ont déjà parlé de l'IMG entre eux et pourront sans problème trouver un troisième médecin qui donnera son accord.

Il est impossible de savoir, de lire sur son visage, dans ses gestes, ce qu'il pense être la bonne décision. Il me fait penser à un guide de haute-montagne en train d'évoluer sur l'arête des bosses qui mènent au sommet du Mont Blanc. Il évolue sans corde, pose un pied l'un après l'autre sur cette mince arête, en regardant toujours loin devant, jamais sur les côtés. Il sait que le moindre faux pas lui sera fatal et il ne laisse surtout rien paraître d'une quelconque inquiétude.

J'admire à ce moment précis son jeu d'équilibriste parfait, sa capacité à ne donner aucun avis sur ce qu'il pense, mais à juste nous accompagner dans nos réflexions. Après coup, je réalise qu'il est surtout à ce moment précis un expert du risque juridique.

Nous exprimons nos doutes, nous leur disons que nous sommes dans la pire des situations, ils nous le confirment.

Juliette réagit, leur dit qu'on ne peut pas arrêter la grossesse si nous ne sommes pas sûrs qu'il y ait un problème. Ils proposent d'autres options que nous interprétons à tort comme une lueur d'espoir. Nous ne pouvons envisager le pire.

Ils nous parlent alors de spécialistes de l'échographie pour les membres, le visage, d'une possible IRM du cerveau à partir de sept mois de grossesse pour savoir s'il est touché, nous découvrons qu'un autre monde existe, qu'une course en avant est toujours possible.

Dans toutes ces options, nous voyons un message d'espoir et décidons de continuer la grossesse pour voir comment Zoé va évoluer. Eux n'en voyaient sans doute pas.

Avant de partir, nous faisons une dernière échographie qui montre déjà un retard de croissance.

Vendredi 6 novembre, la décision

Très vite, nous arrivons à la conclusion qu'il faut prendre une décision maintenant, que plus nous attendons, plus ce sera difficile d'arrêter la grossesse en cas de confirmation d'un impact important de la trisomie 16 sur Zoé. Heureusement, nous sommes d'accord tous les deux sur cette nécessité, mais il nous reste à prendre deux décisions chacun : une personnelle et une autre commune, celle de notre couple.

Si je prends un peu de recul par rapport à la réalité de ce qui nous arrive, les médecins nous demandent de prendre une décision basée sur notre seule intuition. Je suis justement en train de lire un livre de David Sibony sur les biais cognitifs et leur impact dans les processus de décision. Il explique que l'intuition est basée sur l'expérience ; prendre une décision importante sur la seule base de son intuition conduira dans la plupart des cas à prendre une mauvaise décision, dès lors qu'on n'a jamais été confronté, ou très peu, à un événement comparable. C'est toute l'absurdité de notre situation : ce sont les médecins, ceux qui ont le plus d'expérience, qui nous demandent de prendre une décision sur la base de notre seule intuition… Il est donc peu probable que nous prenions la bonne, même si j'ai encore le souvenir très présent des erreurs que j'ai commises pour Lucas.

Rétrospectivement, je me rends compte que les médecins étaient aussi démunis que nous devant la situation. C'était une configuration qu'ils n'avaient jamais vue. La science n'avait été d'aucune aide. Pire, elle aura même créé encore plus de confusion. Plus nous faisions d'examens pour comprendre ce qui se jouait, moins nous en savions.

Par la suite, beaucoup de réactions du corps médical ont découlé de ça, je pense. Nous étions hors des sentiers balisés, dans une zone grise de la moralité où, pour certains, il leur était impossible d'éviter de juger, tout médecins qu'ils étaient.

Régulièrement nous appelons nos amis pour les tenir au courant de l'évolution de la situation. Ce sont souvent des moments très particuliers, où la parole se libère. Beaucoup de couples ont connu des fausses couches, des IVG, beaucoup moins des IMG. Les gens ont peu l'occasion d'en parler, ces sujets restent tabous.

Alors souvent, nous nous retrouvons à écouter ce qu'ont vécu nos amis, c'est une façon pour eux de nous accompagner, mais aussi une rare opportunité de reparler de ce qui les a meurtris.

Au fond, le traumatisme n'est pas fonction d'une hiérarchisation entre IVG, fausse couche et IMG, c'est avant tout une question de sensibilité et c'est intimement lié à l'histoire de chacun. Alors pour cette raison j'écoute, parfois j'explose, j'explique de façon plus détaillée ce qu'est une IMG, que c'est un accouchement presque comme un autre, à ceci près qu'avant, nous avons dû prendre la décision d'arrêter la vie de notre enfant avant qu'il n'arrive dans notre monde. Souvent un silence s'installe, sans malaise parce que ce sont nos amis.

Ces appels téléphoniques sont pour moi l'occasion de tester les raisonnements que je construis pour prendre ma décision et la justifier. À chaque discussion, je teste de nouveaux arguments, j'écoute les réactions de mes interlocuteurs, je change la façon dont j'argumente.

Au début j'ai essayé de prendre une décision comme j'en prendrais une dans mon boulot. Je suis directeur des risques et comme l'a dit un de mes témoins à mon mariage, en rigolant, je suis un peu « Monsieur ceinture et bretelles » : les risques, c'est bien, mais seulement s'ils sont sous contrôle.

J'étudie les différents scénarios, leurs probabilités de réalisation. Tâche difficile, vu le peu d'information que nous avons.

La seule chose certaine est le retard de croissance qui apparait déjà à l'échographie. Zoé va naitre prématurée, surement avant vingt-huit semaines. Tous les risques seront alors augmentés : retard de développement, risque de mort prématurée, cécité, surdité, et j'en passe. Et puis il y a la trisomie 16 en mosaïque dont on ne sait rien : quelles cellules sont touchées, quelles conséquences sur son développement, pourra-t-elle vivre un jour, une semaine, un mois, un an, des années... Il y a une chance non nulle que tout se passe bien, une faible probabilité qu'elle ne soit pas touchée, qu'elle puisse vivre « normalement ».

La décision est évidente, il y a trop de scénarios

défavorables. Je ne suis pas prêt à vivre une vie où chaque matin je me lève en me demandant si elle sera encore parmi nous le soir.

Je suis en colère de devoir prendre une décision comme je dois en prendre tous les jours dans mon travail, une décision sans émotion basée sur des probabilités. Et puis, je repense à ma sœur Charlotte.

Charlotte vient d'avoir quarante-sept ans, elle est de deux ans mon aînée. Tout le monde l'appelle «Chonchon». Elle a toujours fait partie de ma vie. C'était un bébé prématuré qui a eu un développement sans problème jusqu'à l'âge de ses deux ans. Elle commençait à parler, à marcher. Un jour, tout a basculé, elle a arrêté de parler, a commencé à régresser. Encore aujourd'hui, on ne sait pas bien ce qui s'est passé. Il s'agit sûrement d'une encéphalite accidentelle qui a causé des dommages irréversibles au niveau de son cerveau.

Depuis, Charlotte est handicapée mentale, elle a du mal à se déplacer et à s'exprimer. Elle vit dans un foyer non loin de chez mes parents. Charlotte adore dessiner, surtout des maisons entourées de ses parents, ses frères et sœurs, ses neveux et nièces. Ses dessins sont toujours très colorés. Tous ses neveux et nièces l'adorent.

Elle est fan de Cloclo et Kenji Jirak, adore danser, picoler, les hamburgers-frites, aller chez le coiffeur toute seule et boire des coups avec ses copines du foyer dans le bar d'à côté. Elle aime particulièrement les gros colliers colorés et les puzzles. Elle adore aller à la messe le samedi, le dimanche, chaque fois qu'une occasion se présente, elle connaît tous les chants.

Elle n'a pas eu une vie simple, elle a été émaillée de moments de joie, mais aussi de souffrances, sans aucun doute plus que la moyenne. Pendant des années, à cause de ses problèmes de dos, elle a porté un corset en plastique dur et a dû subir plusieurs opérations. Elle n'a aucune conscience de l'abstrait, mais nous dit souvent qu'elle nous aime. À certains moments, elle a sûrement souffert moralement de sa différence.

C'est toujours un bonheur de voir Charlotte trépigner de joie quand on lui propose d'aller à la messe ou de prendre l'apéro. Je ne pourrais imaginer avoir eu une vie sans elle.

Mes parents ont toujours été très investis dans le milieu associatif. Après le départ de Charlotte en foyer, ma mère a commencé à travailler pour une association qui gère des établissements pour enfants handicapés : les Papillons Blancs de Clamart. Elle en est devenue présidente quelques années plus tard.

Charlotte a et a eu une grande influence dans nos vies. L'exemple le plus frappant concerne mon frère : élève brillant en maths, il a choisi de passer le concours de Normal Sup en biologie, qu'il a d'ailleurs eu grâce aux maths. Mon père est persuadé qu'il l'a fait inconsciemment à cause de sa sœur, c'est sans doute vrai.

Je parle beaucoup avec ma petite sœur Juliette, de Charlotte, de la décision que nous devons prendre. Elle a toujours été d'un grand soutien, jamais dans le jugement, et elle est l'une des rares à me dire quand je déraille. Elle aussi, comme Victor avec Lucas, a porté un stress qui ne lui appartenait pas, dernière de la fratrie mais première et dernière fille après Charlotte. La relation très forte et particulière qu'elle a avec elle vient sans doute en partie de là.

Je reste coincé entre trois forces que tout oppose : le poids de mon éducation catholique, ma sœur Charlotte et ma vie, ma famille. Un trio infernal qui, à ce moment-là, semble inconciliable.
Avec Juliette, nous avons conscience que ne rien faire, attendre que les semaines s'écoulent dans l'inquiétude, sera une décision en soi.

Juliette me répète régulièrement qu'elle n'est pas une « mère courage », qu'elle n'est pas sûre de pouvoir assumer une vie avec un enfant handicapé, qu'elle n'a pas envie de cette vie-là pour elle, pour nous, pour Arthur, pour mes autres enfants. Au début je suis choqué par ses propos, à cause de Charlotte et de la pression de mon éducation catholique ; mais aussi parce que Juliette, thérapeute, privilégie sa vie, notre vie, au détriment de celle de Zoé. Nous en parlons beaucoup. C'est au cours de ces discussions que je prends conscience que Charlotte a eu des moments de joie, certes, mais aussi beaucoup de moments de souffrances physiques et morales. C'est un élément à prendre en compte, Juliette a raison.

Je tourne en rond, attiré par une force puis l'autre. Je n'arrive pas à me défaire d'un sentiment de culpabilité dès que je privilégie ma vie, ma famille. Je suis perdu.

Cela fait longtemps que je n'ai pas eu mon père au téléphone. Je passe plutôt par ma mère pour donner des nouvelles, sans doute par peur d'être jugé sur la décision que nous sommes en train de prendre. Je me souviens qu'un jour, il m'a dit qu'heureusement qu'il n'avait pas su, pour Charlotte, avant la naissance, qu'ils n'ont pas eu à faire de choix. Je pensais qu'ayant surmonté les épreuves d'une vie avec une enfant handicapée, il ne pourrait pas comprendre le choix de l'IMG. Je me trompais.

Pour ma mère c'est différent, elle arrive toujours à prendre de la distance par rapport aux aléas de la vie, à se positionner dans l'accompagnement, jamais dans le jugement, mettant au second plan ses émotions. Sur ce plan, je ressemble plus à mon père : tous ces événements de la vie nous renvoient à nos propres souffrances. Nous n'arrivons pas à prendre de la distance, un peu trop émotifs sans doute.

Je finis par appeler mon père le jeudi soir en allant chercher Arthur chez sa nourrice. Je lui résume la situation brièvement et découvre qu'il n'est pas au courant dans le détail du choix que nous devons faire.

Nous discutons de Charlotte notamment, des moments de joie qu'elle a eus, de la place qu'elle a dans notre famille, mais aussi de toutes les souffrances qu'elle a subies du fait de son handicap physique et mental.

Il a ensuite une phrase qui finit de m'aider à prendre ma décision : pendant des années, il a eu les larmes aux yeux à chaque fois qu'il devait réexpliquer ce qu'avait Charlotte à des médecins. Même pour lui, ce fut dur et douloureux. Je n'ai pas envie de cette vie-là pour ma famille et pour moi. Ma décision est prise. Reste à prendre notre décision de couple.

Au moment de Noël, mon père m'avouera qu'il a failli, à l'époque, m'envoyer un article sur une famille polonaise qui avait eu un enfant lourdement handicapé, avec pour conséquence des problèmes financiers, le chômage... C'est une façon pour lui de me dire qu'il comprend ma décision.

Un peu plus tard dans la soirée, après avoir couché Arthur, nous nous posons dans la pièce qui me sert de bureau depuis début mars, Covid oblige. Nous parlons de notre décision de couple. Chacun de notre côté, nous avons pris notre décision. Nous avons suivi notre propre cheminement, parfois de façon synchrone, souvent de façon asynchrone. Même si nous avons abouti à la même conclusion, il est important de prendre une décision de couple et de savoir pourquoi nous la prenons. Nous ne savons pas comment nous allons gérer l'après Zoé, comment nous allons vivre notre deuil, faire face à notre culpabilité. Je sais que la tentation est grande de se replier sur soi, de prendre chacun une trajectoire différente, car il est peu probable que nous avancions au même rythme. Il faudra faire des efforts, partager avec l'autre sa douleur, l'expliquer.

Ces moments sont des catalyseurs de différences, ils accélèrent les fractures déjà présentes. J'en ai déjà fait l'expérience avec Lucas et je suis inquiet pour la suite.

Mardi 10 novembre, la psy de l'hôpital

Nous avons prévu un rendez-vous avec une psychologue de l'hôpital, pensant que ce serait utile vu l'habitude qu'elle doit avoir de ce genre de situation. Le professeur nous a aussi poussés à prendre rendez-vous, nous disant le plus grand bien des psys rattachés au service de diagnostic anténatal.

Dès le premier regard, nous savons avec Juliette qu'il n'y aura rien à en tirer, malgré ses trente ans d'expérience et ses nombreuses années d'études. Elle n'a pas réservé de salle et nous donne l'impression d'avoir trouvé un bureau libre dans le couloir par pur hasard ; nous sommes dérangés plusieurs fois pendant la séance par des personnes cherchant un endroit pour déjeuner.

Le bureau est oppressant, surchargé de cartons remplis de matériel médical, avec comme mobilier une armoire et un bureau trop grand pour la pièce. Celle-ci donne l'impression d'être plus haute que large, on s'y sent à l'étroit, prisonnier. Toutes les conditions sont donc réunies pour une séance de qualité...

La psychologue semble découvrir notre dossier au fur et à mesure de la séance. Nous sommes complètement déstabilisés, pensant rentrer directement dans le vif du sujet.

La seule chose où elle excelle, c'est sa capacité à recracher nos phrases avec une tournure légèrement différente. Nous parlons et inlassablement elle reformule. Si je commençais à réciter une recette de cuisine, elle nous la reformulerait avec le même professionnalisme qu'elle s'applique à avoir actuellement, sans même se rendre compte de ce qu'elle dit.

Au bout de vingt à vingt-cinq minutes de lutte avec une personne qui semble faire face pour la première fois à un cas comme le nôtre, nous atteignons l'apogée de la séance quand nous évoquons le sentiment de culpabilité. La décision de mettre fin à la vie de notre bébé a été difficile à prendre et nous pensons que le plus dur sera de devoir faire face, après, à un sentiment de culpabilité qui parait inévitable.

À cette évocation, elle nous répond assez sèchement que nous allons forcément nous sentir coupables, que tous les parents se sentent coupable envers leurs enfants, tout le temps. Juliette lui répond qu'effectivement, mais qu'avec Arthur, on peut toujours se rattraper, avec un enfant mort, ce sera plus compliqué. Elle reste sans voix. Des années d'études, trente ans d'expérience pour en arriver là, merci. Nous demandons juste un peu de réconfort, pas que l'on nous mette un peu plus la tête sous l'eau.

Chaque partie maintient péniblement un semblant de conversation pour donner le change sous couvert de bienséance. Juliette bouillonne à côté de moi, pour ma part j'ai capitulé et je ne dis plus rien. Juliette finit par lui dire qu'elle a bien compris que personne ne peut rien faire pour nous. Ce à quoi la psychologue répond : « Mais Madame, on est tous minables, vous savez ».

Nous sortons de ce rendez-vous révoltés, n'osant imaginer ce qui se serait passé si nous n'avions pas vu une psy expérimentée. Chacun repart de son côté du couloir, au moins c'est réciproque.

Mercredi 11 novembre, un dernier briefing

Nous revoyons une dernière fois l'équipe du professeur pour nous briefer sur le déroulement de l'IMG. Sophie, qui nous suit depuis le début, est présente. Je me tourne vers elle, son regard est limpide, je lis clairement dans ses yeux que l'IMG est pour elle la seule issue. Elle s'excuse même car elle ne pourra pas être là lors au moment où cela aura lieu, étant en formation.

L'attitude du Professeur B. reste neutre et impénétrable. Il prend un ton rassurant et nous explique que tout a été prévu : ils auront notre dossier, à l'accueil, et auront été prévenus du pourquoi de notre venue ; nous serons dans une salle de travail à l'écart pour éviter d'entendre les cris des bébés qui naissent ; la péridurale sera posée par un anesthésiste senior, surtout pas par un interne, la priorité absolue est que Juliette ne souffre pas, pour ne pas rajouter de la douleur à celle de l'IMG ; ils feront tout pour que le travail soit le plus court possible, même si on ne maîtrise pas complètement ces moments-là.

Nous sommes rassurés, nous nous sentons entre de bonnes mains et sommes une fois de plus contents d'être tombés sur une équipe de personnes expérimentées, qui ont l'habitude de ce type de situation. La réalité va être tout autre.

Au travail, je préviens les quelques personnes qui étaient au courant de la date de l'IMG. Mon assistante vide mon emploi du temps pour la semaine d'après. La machine est en marche.

Cela fait quasiment deux ans que je travaille dans cette entreprise et dès le début, j'ai été frappé par la bienveillance qui y règne et s'y trouve presque érigée au rang de culture d'entreprise. Le mariage des cultures anglaise et française y est sûrement pour quelque chose.

Mes collègues se cotisent pour nous faire envoyer des fleurs et une boîte de chocolats que nous recevrons juste après notre retour à la maison, accompagné d'un petit mot plein de sollicitude.

Lundi 16 novembre, la naissance de Zoé

Dimanche en fin d'après-midi nous allons déposer Arthur chez mes parents, en banlieue Sud, pour quelques jours. Je sais qu'il y sera bien, mais surtout je sais que quand nous viendrons le chercher après l'IMG, ils auront le ton juste, ils sauront se positionner parfaitement, dans l'accompagnement et l'empathie.

Nous décidons de nous coucher tôt, devant être à l'hôpital à 8 h le lendemain. Nous avons aussi besoin de passer du temps avec Zoé pour lui dire au revoir.

Il est 22 h, nous sommes allongés dans notre lit, je mets ma main sur le ventre de Juliette et sens Zoé bouger. Elle vient se coller contre ma main bien au chaud. J'en ressens encore la sensation dans mon corps. Je lui parle dans ma tête en essayant de faire passer mes pensées via ma main jusqu'à elle.

Je m'excuse, lui demande pardon pour ce que nous allons faire, je lui explique notre raisonnement, pourquoi nous pensons que c'est la meilleure solution pour nous, pour elle, pour notre famille. Mais une question revient sans cesse dans ma tête : « Qui sommes-nous, pour nous prendre pour des dieux ? Pour décider de laisser vivre ou mourir un être humain ? ». Je me persuade que le processus est enclenché et que nous ne pouvons plus faire machine arrière.

Nous dormons mal, forcément.

Nous nous réveillons vers 6 h 30, déjà fatigués par cette courte nuit et ne sachant pas trop comment nous allons gérer la suite de la journée. Je prends des affaires un peu au hasard dans mon placard et enfile un t-shirt avec un gros « Life » imprimé en lettres rouges sur le devant. Je ne réalise la portée de ce geste qu'à l'hôpital, quand il est trop tard pour en changer. Coup du sort ou ultime tentative de Zoé, je ne saurai jamais.

Nous arrivons à l'hôpital vers 8 h et nous montons directement au service des admissions de la maternité, au deuxième étage.

Nous tombons sur une cerbère, à l'entrée, qui paraît excédée et pense sans doute que nous sommes venus trop tôt, que le col n'est pas encore dilaté. Juliette lui explique, la voix tremblante, que nous venons pour une IMG, elle ne semble pas au courant. Tout commence pour le mieux.

Nous patientons quelques minutes, puis quelqu'un vient nous chercher pour nous emmener en salle de pré-travail n° 1.

Nous faisons connaissance avec la sage-femme qui va nous suivre tout au long de la journée, elle ressemble à Sophie, le contact passe tout de suite. Nous entendons les cris de bébés qui viennent de naître, voyant notre désarroi, elle nous rassure en nous disant que les accouchements seront bientôt terminés, comme si on pouvait le décider. On nous avait promis d'être à l'écart, protégés de tous ces bruits de nouveaux-nés, apparemment ce ne sera pas le cas.

L'anesthésiste passe vers 10 h pour poser une péridurale. Il ne fait pas du tout son âge, au regard de son expérience supposée. On découvre quelques instants plus tard qu'il est interne, on comprend à demi-mot que la senior du service, nouvelle à l'hôpital, n'a pas jugé utile de se déplacer. Elle avait pourtant été briefée, nous dira plus tard le Professeur B.

L'interne est sympa, arrive à détendre l'atmosphère et m'autorise à rester avec Juliette pour la soutenir pendant qu'il pose la péridurale. Le liquide commence à descendre jusque dans le dos de Juliette. Nous attendons patiemment qu'il commence à faire effet, la journée s'annonce longue.

L'interne repasse régulièrement pour vérifier que la péridurale fait effet. Elle a bien commencé à agir, mais seulement d'un côté. Il met en doute la capacité de Juliette à sentir les choses, il ne peut remettre en question son travail.

Vers midi et demi, à force d'insister, il repositionne le tuyau dans le dos de Juliette. Une heure et demie après Juliette retrouve toutes ses sensations dans ses jambes. L'interne revient, regarde à nouveau, et découvre que le tuyau a été trop ressorti, le liquide s'est répandu quelque part dans le dos. Il incrimine l'infirmière qui a mal positionné le sparadrap. Il nous prend vraiment pour des cons, elle n'était pas là lorsqu'il a repositionné la péridurale. Nous ne le reverrons plus de la journée.

La sage-femme appelle l'anesthésiste senior, qui arrive avec une nouvelle interne. Après une brève discussion, elle en arrive à la conclusion qu'il faut poser une nouvelle péridurale et part chercher le nécessaire. Nous restons avec l'interne, qui nous donne son prénom, demande à Juliette si elle peut l'appeler par le sien. Pour un peu, elle nous apporterait le thé avec des crackers. Nous n'avons pas besoin de familiarité, nous avons juste besoin que ce qui doit être fait le soit de façon professionnelle, et qu'on nous laisse gérer le reste.

L'anesthésiste revient et me demande de sortir de la pièce le temps qu'elle pose la péridurale. J'attends dans le couloir juste derrière la porte. J'entends les cris d'une femme qui hurle de douleur, c'est insupportable. J'imagine une femme en train d'accoucher.

On me fait re-rentrer, la tension est électrique dans la pièce. Après le départ des médecins, Juliette me raconte ce qui s'est passé, que c'était elle qui criait, j'hallucine. L'anesthésiste l'a presque engueulée, lui demandant de se détendre, lui disant qu'elle n'avait vraiment pas un dos fait pour une péridurale. On aurait dit qu'elle attendait que Juliette s'excuse ou incrimine ses parents pour défaut de conception. L'interne était à côté de Juliette, lui répétant en boucle de se détendre, sinon on n'allait pas y arriver. Juliette a fini par exploser, et lui a lâché un : «COMMENT VOULEZ-VOUS QUE JE ME DÉTENDE, JE VAIS ACCOUCHER D'UN BÉBÉ MORT». Elle aussi, on ne la reverra plus, courageuse en plus.

La péridurale ne prend encore que d'un côté, de l'autre cette fois-ci. Les contractions deviennent douloureuses, il est 18 h et Juliette a mal. Elle a senti Zoé s'éteindre en milieu d'après-midi, à cause des contractions qu'elle n'a pas supportées. Je ne l'apprendrai que le lendemain.

Vers 20 h, l'anesthésiste débarque telle une furie pour reposer une troisième fois la péridurale. On apprendra le lendemain qu'elle venait de se prendre un savon par le Professeur B. Il veillait au grain, finalement.

Une nouvelle sage-femme, Audrey, a pris la relève pour la nuit et elle vient nous aider pour ce troisième round. Nous tenons chacun une main de Juliette pour l'aider à supporter la douleur, elle l'aide à se focaliser sur un paysage apaisant. La concentration de l'anesthésiste est maximale, ses gestes précis, mais elle ne peut s'empêcher de souffler bruyamment d'exaspération.

Il est 21 h Juliette n'a enfin plus mal, cela fait treize heures qu'on est dans cette pièce à attendre de rencontrer Zoé. Je ne sais pas comment Juliette a fait pour tenir jusque-là, à supporter la douleur, les vomissements sans se plaindre. Elle a senti Zoé partir, notre petite Zoé, tuée par ses contractions, et n'a rien dit, pour me préserver. J'admire cette force qu'elle a en elle.

Vers 22 h les choses s'accélèrent, Zoé sera bientôt là. Audrey vient disposer un drap entre deux perches à perfusion pour faire écran et installe les étriers, elle suscite même l'admiration de l'infirmière pour son dispositif. Nous sommes tous les deux très tendus, avec Juliette, j'ai le souvenir de l'IMG de Lucas qui me revient et je commence déjà à lutter pour ne pas m'effondrer.

Zoé a avancé dans le col, « Elle n'est plus très loin maintenant, nous dit la sage-femme ». Juliette continue de la sentir progresser dans son bassin, je suis à côté d'elle et lui tient la main. Audrey est alors appelée pour un autre accouchement, c'est urgent, lui dit-on. Juliette la supplie de rester, elle est terrorisée à l'idée que Zoé arrive sans personne pour l'accueillir de l'autre côté du drap. Elle a besoin de garder des points d'ancrage, Audrey en est un, sa présence ayant été d'un grand soutien pendant la péridurale. Audrey décide de rester, l'autre bébé attendra, nous ne la remercierons jamais assez pour ce geste d'humanité. Elle voit la tête de Zoé arriver, puis Zoé est là avec nous. Audrey la prend délicatement dans ses bras et l'emmène pour la préparer et faire les empreintes de ses pieds et de ses mains que nous lui avons demandées. Nous restons seuls avec Juliette, à attendre, partagés entre une folle envie de rencontrer notre bébé et la peur de ne pas supporter cette rencontre. Il n'y a pas un bruit dans la chambre, pas un cri au dehors.

Audrey revient nous voir peu de temps après pour nous donner une petite carte jaune pastel avec les bords en forme de vaguelettes, elle y a inscrit au stylo bille : «Zoé le 16/11/20 à 22 h 35», en dessous de l'inscription se trouve l'empreinte de ses petits pieds.

Audrey s'excuse pour les empreintes, malgré des années de pratique, elle n'arrive jamais à faire les mains, ce n'est pas son truc. Les empreintes des pieds sont parfaites et nous sentons toute sa fierté.

«L'infirmière est entrain de la laver», nous dit-elle, elle va bientôt pouvoir revenir avec Zoé pour nous la présenter.

Dix minutes plus tard, elle franchit le pas de la porte avec notre bébé emmailloté dans un drap blanc qu'elle tient contre sa poitrine comme si c'était la chose la plus précieuse au monde.

Elle s'approche tout près de nous, nous dit que ces moments sont toujours d'une grande émotion pour elle, que notre fille est belle, vraiment très belle. Elle a des larmes plein les yeux. Elle nous demande si elle peut nous montrer son visage, nous acquiesçons. C'était le moment que je redoutais le plus, je pensais m'effondrer en larmes, n'arrivant plus à contenir la fatigue accumulée, le trop plein d'émotions, mais il n'en n'est rien. À la place, je ressens une bouffée de bonheur, je suis heureux de pouvoir enfin la rencontrer et contempler son visage.

Zoé a déjà les traits de Juliette, avec la même fossette au menton, une forte impression de sérénité se dégage d'elle. J'ai l'impression qu'elle est endormie, qu'elle va se réveiller si nous faisons trop de bruit. Elle a l'air tellement normale qu'un léger doute traverse mon esprit : « A-t-on pris la bonne décision ? ». Nous ne le saurons jamais, la seule chose que je peux me dire pour me déculpabiliser est que nous avons pris la meilleure décision possible pour nous et notre famille, vu le peu de certitudes que nous avions.

Puis Audrey découvre petit à petit le reste du corps de Zoé, d'abord ses bras, puis ses jambes et enfin ses petits pieds. Je la prends dans mes bras, tout contre moi. Elle est toute légère avec ses 330 gr. Je suis surpris par la chaleur de son corps, tellement forte en comparaison de sa taille. Nous restons plusieurs minutes en silence, tous les trois, à regarder religieusement cette petite fille. Le temps commence à ralentir, jusqu'à presque s'arrêter.

Audrey part pour nous laisser entre nous. Zoé est toujours dans mes bras tout contre moi, je n'ose bouger, le temps se fige. Juliette la prend à son tour, je la sens fatiguée mais heureuse. C'est comme si nous étions transportés dans une autre dimension qui serait réduite à cette seule pièce, où le temps s'écoulerait différemment, calé sur notre propre rythme. Un silence apaisant règne dans la chambre, nous n'osons pas parler pour ne surtout pas casser la magie du moment. Ces instants que nous sommes en train de vivre, où Zoé nous a rejoints morte, seront les seuls souvenirs que nous aurons d'elle, nous n'en aurons plus jamais d'autres.

Nous avons désiré cet enfant, attendu avec impatience de la rencontrer, de partager du temps avec elle, et cela n'aura jamais lieu. Son passage dans notre famille se résumera dans quelques années au souvenir de cet accouchement et à l'empreinte de ses petits pieds sur une carte jaune pastel.

Je suis admiratif de cette petite fille qui s'est débrouillée pour être présente à notre mariage, trois mois auparavant, comme si elle tenait absolument à y être. On la devine à la forme du ventre de Juliette sur la photo de famille prise après la mairie.

Nous n'aurons pas d'autres souvenirs auxquels nous raccrocher et je sais que nous en souffrirons.

Juliette m'enverra quelques mois plus tard une citation de Françoise Chandernagor qui a pris tout son sens avec notre petite Zoé, et avant, avec Lucas : « Toute vie achevée est une vie accomplie.

De même qu'une goutte d'eau contient déjà tout l'océan, les vies minuscules, avec leurs débuts si brefs, leur infime zénith, leur fin rapide n'ont pas moins de sens que les longs parcours.

Il faut seulement se pencher un peu pour les voir et les agrandir pour les raconter. »

Nous finissons par rappeler Audrey, qui vient récupérer Zoé et nous promet de prendre soin d'elle, de veiller sur elle toute la nuit jusqu'à ce qu'elle soit emmenée, au petit matin, dans un autre bâtiment, là où se trouve la chambre mortuaire.

L'heure du deuil a maintenant sonné.

Mardi 17 novembre, l'après

Le lendemain vers 11 h, l'interne passe nous voir. Elle porte une robe de marque sous sa blouse blanche et des bagues Pomellato à la main gauche. Elle nous demande comment nous allons, prend rapidement des nouvelles du dos de Juliette après ses trois péridurales, mais sans la toucher, ni même regarder.

Puis elle demande à Juliette si elle a besoin d'une prescription d'acide folique en prévision d'une nouvelle grossesse. Nous venons de rencontrer pour la première fois notre fille douze heures auparavant, morte, et elle ose déjà nous parler d'avoir un autre enfant, de la remplacer. J'hésite, soit elle n'a pas encore suivi le module de psycho, soit elle a lu à l'envers son polycopié. Dans ma tête, je penche pour la deuxième option.

Elle remplit les documents de sortie et les ordonnances dont Juliette a besoin pour que nous puissions rentrer chez nous rapidement. Juliette découvrira quelques jours plus tard, quand elle se rendra au laboratoire pour faire ses analyses, que l'interne a rempli tous les documents au nom de Zoé. Elle devra expliquer devant une parfaite inconnue qu'il y a eu une erreur, que Zoé est le prénom du bébé que nous venons de perdre.

Nous rentrons à la maison en début d'après-midi. Nos pensées sont restées bloquées dans cet espace-temps post accouchement avec notre Zoé. Nous parlons peu mais sommes tous les deux, ensemble, dans un même lieu, dans un même temps.

Les jours qui suivent, Juliette allume une bougie tous les soirs en mémoire de Zoé. Son prénom est imprimé dessus, elle crépite avec bruit comme pour être sûre qu'on ne l'oublie pas, notre petite Zoé. L'empreinte de ses petits pieds est rangée dans une boite à côté de notre lit. Juliette a peur de l'oublier, je sais que ce ne sera jamais le cas.

Nous passons deux jours dans notre bulle avec Elle, toujours bloqués dans cet espace-temps d'après l'accouchement, sans arriver à en sortir, mais sans en avoir envie non plus. Nous ne faisons rien de particulier, nous regardons ensemble le temps s'écouler. C'est étonnant, mais c'est un sentiment de bonheur qui nous habite, celui de l'avoir enfin rencontrée et de l'avoir vue si apaisée.

Mercredi en fin de journée, nous allons chercher Arthur chez mes parents, cela marque pour nous le début du retour à la réalité.

Le soir même nous décidons de parler à Arthur de ce qui s'est passé. Nous lui demandons de venir s'assoir sur le canapé avec nous, il s'exécute sans rien dire. Juliette lui explique que sa petite sœur Zoé n'est plus là, qu'elle est partie dans les étoiles. Arthur ne nous regarde pas, il fixe un point droit devant lui comme s'il n'entendait pas ce qu'on lui dit. Quand Juliette s'arrête de parler, il tourne la tête dans notre direction et nous dit : «Bébé est plus là, est partie». Puis il descend du canapé et retourne jouer comme si de rien n'était. Il a vingt-et-un mois.

Samedi matin, je me rends à l'hôpital pour récupérer notre livret de famille. Nous avions demandé à y inscrire Zoé. Je ne l'avais pas fait pour Lucas et il était hors de question que je fasse deux fois la même erreur. J'arrive juste à l'heure d'ouverture mais le rideau est encore tiré. J'attends une bonne demi-heure devant le guichet, le temps que la personne de permanence finisse de prendre son café avec ses collègues et se décide à commencer sa journée. Je lui explique que je viens récupérer mon livret de famille, suite à la naissance de ma fille Zoé en début de semaine. Elle parcourt la liste correspondant aux naissances du lundi, plusieurs fois, sans la trouver. J'insiste, lui explique qu'elle est bien née lundi dernier, qu'elle doit forcément y être. Elle ne trouve rien.

Je finis par regarder avec elle sa liste, qui ne comprend que dix noms, et trouve Zoé à la fin. «Ah, mais elle est mort-née», me répond-elle un peu gênée. J'ai les larmes aux yeux, je ne savais pas qu'il y avait une différence. Il y a une semaine encore, elle venait se coller contre ma main dans le ventre de sa mère. Elle a bien été vivante pourtant.

Je sors de l'hôpital, il y a un couple avec un bébé qui vient de naître sur le banc en face. Ils mangent un macdo au soleil avec leur nouveau-né installé dans un maxi-cosi. Je me dis que c'est le jour de leur sortie et qu'ils prennent un peu de soleil avant de rentrer chez eux, ils ont l'air si heureux. J'accélère le pas pour rejoindre mon vélo, c'est trop douloureux.

Le lundi je reprends le travail et le souvenir de Zoé commence déjà à s'éloigner, les mécanismes de protection internes sont à l'œuvre. Notre corps, notre esprit, ont une faculté à dissocier pour nous protéger qui me surprend.

Je reprends rapidement mon rythme d'avant, à enchaîner les meetings Teams sans prendre le temps de respirer entre deux. Ma faculté à dissocier au travail, à faire comme si rien ne s'était passé, à m'occuper l'esprit avec le moindre détail, m'arrange en un sens, mais m'effraie surtout.
Je sais que je peux prendre du temps si j'en ai besoin mais je ne veux pas, je veux absolument « avancer », ne pas rester collé avec cette douleur. Et en même temps, j'ai peur de l'avoir déjà oubliée, d'avoir déjà perdu le peu de souvenir que j'ai gardé d'elle.
Je décide dans la semaine de prendre rendez-vous avec Cathy D., que j'étais allé voir pour Lucas : j'ai besoin de parler à Zoé.

Dimanche 29 novembre, Cathy D.

Le rendez-vous que j'ai pris chez Cathy D. est un dimanche après-midi. Je retrouve facilement le chemin à vélo l'ayant fait tant de fois cinq ans plus tôt. Son cabinet est au premier étage, elle vient rapidement m'ouvrir après avoir sonné et me fait patienter quelques instants dans la salle d'attente. Lorsque je rentre dans la pièce, rien n'a changé, mis à part peut-être un chien de plus, blotti dans son panier. Je retrouve la table basse couverte de pierres et le grand canapé en cuir, je m'y installe exactement à la même place qu'il y a cinq ans. J'ai presque l'impression qu'il a gardé mon empreinte.

Elle me regarde avec ce même regard bleu qui vous transperce de bienveillance. J'entame la conversation en lui expliquant que je suis venu il y a quelques années au moment de mon divorce. Elle se souvient très bien de moi, ce qui me surprend. Je finis par lâcher, entre deux sanglots, que je viens de vivre une deuxième IMG. Son regard se brouille, elle est profondément désolée pour moi. Rapidement, elle me met dans les mains les deux petits boîtiers de l'EMDR et je commence à ressentir l'alternance des vibrations à droite, puis à gauche, à droite, puis à gauche... Je retrouve petit à petit mes esprits.

«La dernière fois que je suis venu, j'étais entré en communication avec Lucas et je suis venu vous voir aujourd'hui car j'ai besoin de parler à Zoé», lui dis-je. Si elle se souvient si bien de moi, c'est que lors de cette séance avec Lucas, c'était la première fois qu'elle expérimentait ce qu'elle appelle la CIAM[6]. Elle avait fortement ressenti la présence de Lucas dans la pièce à l'époque. Elle me dit que cette communication avec un défunt peut arriver dans les protocoles EMDR liés à un deuil, mais sans que l'on sache trop comment. Elle me met en garde, me dit qu'avec Zoé cela n'arrivera peut-être jamais. J'ai tellement besoin de parler à Zoé que je ne peux y croire, je garde encore en mémoire cette heure passée avec Lucas.

Je m'installe plus confortablement dans le canapé, ferme les yeux et me laisse bercer par l'alternance des vibrations. Elle me demande de me souvenir du moment où j'ai rencontré Zoé pour me reconnecter à elle. J'essaye, mais rien à faire, je n'y arrive pas, un grand mur blanc se dresse entre moi et ce souvenir. J'arrive à m'en approcher, il est doux au toucher, mais refuse de me laisser passer.

J'entends la voix de Cathy D. au loin, elle pense que c'est une partie de moi qui protège le souvenir de Zoé pour empêcher l'EMDR d'enlever les émotions associées à mon souvenir. En même temps, tellement de bonheur y est associé. Elle me demande de lui parler, de la rassurer. Rien n'y fait, j'ai toujours ce mur blanc qui m'empêche d'atteindre Zoé.

Petit à petit, à force de lui parler, cette partie de moi prend forme humaine. Mais je vois derrière elle, au loin, le souvenir de Zoé encapsulé dans une bulle, inaccessible. J'avais déjà été confronté à des parties de moi-même, il y a cinq ans, et j'avais dû passer un

---

6   Communication Induite Après la Mort.

certain temps à arbitrer un conflit entre deux d'entre elles, un souvenir impossible à oublier.

Sur sa demande, j'essaye de me mettre à la place de cette partie de moi afin de me voir. Je finis par y arriver, mais au lieu de me voir comme je suis physiquement, j'ai en face de moi une énorme plaie béante rouge vif, qui suinte de pus et de sang. La partie blanche essaye désespérément de maintenir avec ses longs bras fins la plaie fermée. Je la sens lutter de toutes ses forces.

La fin de la séance approchant, je la remercie pour tout le travail qu'elle accomplit, pour la protection qu'elle m'apporte. J'essaye aussi de lui dire que j'ai besoin de voir Zoé, qu'il faut qu'elle me laisse y accéder et que je lui promets de ne pas abîmer le souvenir que je garde d'elle. La séance se termine.

Je sors de là abattu, Zoé me semble inaccessible.

Dimanche 6 décembre, première rencontre avec Zoé

Les séances s'enchaînent. Je reviens sans cesse à ce mercredi 4 novembre, quand nous avons reçu les résultats du deuxième test. Je suis en colère contre les médecins, avec leur jeu d'alpinistes de haut vol, de professionnels des crêtes, qui m'est aujourd'hui insupportable. Je revis encore et encore cette scène, avec en face de nous, derrière le bureau, le professeur de génétique désemparé qui n'a plus rien à nous proposer, le Professeur B. le visage fermé, insondable, et la sage-femme aux yeux plein de compassion. Je me revois leur dire que nous sommes dans la pire situation que nous pouvons imaginer et j'entends leur réponse, un simple « Oui »... Il n'y avait sans doute rien d'autre à dire.

Au fur et à mesure des séances, la colère s'estompe. Un dimanche, je me retrouve dans un environnement blanc lumineux, comme dans un nuage où aucune arête n'est visible, comme si l'espace était infini. Une forme apparaît en face de moi. Elle a une grosse tête blanche et de grands yeux sombres qui prennent la moitié de son visage. Elle a aussi de long bras blancs, terminés par des mains toutes fines et gracieuses, comme des mains de pianiste.

Nous restons un moment à nous regarder. Puis elle commence à s'approcher de moi lentement jusqu'à avoir son front collé contre le mien. Je sens qu'elle a posé au même instant sa main gauche sur ma joue droite et nous restons dans cette position, à flotter dans cet univers blanc lumineux pendant un long moment.

Le temps s'est arrêté. J'ai enfin rencontré Zoé. Son geste plein d'affection m'apaise, mais je suis complètement déstabilisé, ce n'était pas comme cela que j'avais imaginé la rencontrer. J'avais surtout gardé le souvenir de ma rencontre avec Lucas, de la communication verbale que nous avions eue. Avec Zoé, cette communication restera toujours non verbale, mais au fond, quelle importance ?

Je reviens à la réalité, je raconte à Cathy D. ce que j'ai vécu. Je lui dis que je suis étonné car Zoé n'a pas dit un mot, comme si elle en était incapable, que la taille de ses yeux disproportionnés semblait venir compenser cette absence. Elle n'est pas du tout étonnée. À ma demande, elle a contacté une de ses amies, psychologue et médium, pour avoir des articles sur la CIAM. Alors qu'elle lui avait rapidement parlé de moi, son amie lui a répondu qu'elle avait eu une vision, et que Zoé était dans l'incapacité de parler à cause de ce qu'elle avait. Troublant.

Mercredi 16 décembre, retour à l'hôpital

Un mois après la naissance de Zoé, nous retournons à l'hôpital pour un dernier rendez-vous avec l'équipe du Professeur B. juste avant les vacances de Noël. Nous y arrivons vers 13 h, à l'heure dite, nous demandant ce que nous allons bien pouvoir nous raconter. Zoé est née, elle est morte, nous n'avons plus rien à faire ici.

Nous patientons un long moment dans la salle d'attente.

Alors que nous sommes encore assis à attendre, un couple arrive, le mari s'installe dans un fauteuil, ouvre son ordinateur et commence à travailler. Sa femme se dirige vers l'accueil. Je passe à côté d'elle à ce moment-là et l'entends expliquer calmement qu'elle est là car elle a perdu son bébé à la naissance. Ils me donnent l'impression d'avoir déjà pris deux trajectoires différentes. Je me réconforte en me disant qu'avec Juliette, ce sera différent.

Vers 13 h 45, l'interne vient nous chercher et nous amène dans le même bureau où nous les avons rencontrés à plusieurs reprises. Nous nous installons sur nos chaises, de l'autre côté du bureau se tiennent l'interne, le Professeur B. et une nouvelle sage-femme.

Ils nous demandent comment nous allons, nous répondons : « Autant que faire se peut » ; que nous avons commencé un travail avec un psy chacun de notre côté. Juliette enchaîne calmement sur l'épisode des ordonnances en leur expliquant qu'elles étaient toutes au nom de Zoé et qu'elle a dû batailler pour pouvoir faire ses analyses quelques jours après l'accouchement. L'interne recule alors légèrement sa chaise pour se mettre en retrait, regarde ses pieds et ne dira plus rien de la séance.

Le professeur nous parle de la suite... Par cela, il entend : si nous voulons avoir un autre enfant.

Il nous explique qu'il est quasiment impossible que cela se reproduise si nous décidons d'avoir un autre bébé. Un doute se forme dans mon esprit, les probabilités faibles, c'est plutôt notre rayon apparemment.

Juliette lui demande quelles analyses supplémentaires elle devra faire et s'il ne serait pas plus sage de faire une amniocentèse, quoiqu'il en soit. Sa réponse nous laisse pantois. Encore aujourd'hui, je n'en reviens pas. « Le mieux, nous dit-il, est de ne pas faire d'analyses complémentaires, de ne pas avoir de suivi renforcé » ; sous-entendu, cela évitera de se retrouver dans la situation dans laquelle nous avons été, d'avoir des questions à nous poser.

Nous questionnons un peu sa démarche, les deux parties se tendent et ne se comprennent pas. Nous laissons rapidement tomber. À quoi bon se révolter contre de tels propos.

Ils terminent la consultation en nous disant qu'ils seront ravis de nous accueillir si Juliette souhaite accoucher ici la prochaine fois, mais que généralement, les gens ne préfèrent pas revenir accoucher au même endroit... Le message est clair. Mais ne vous inquiétez pas, nous non plus, nous n'avons aucune envie de revenir.

Nous nous disons au revoir, nous les remercions poliment pour tout ce qu'ils ont fait et nous partons sans nous retourner.

Jeudi 17 décembre, crémation

Nous devions recevoir un courrier, une semaine après sa crémation, nous informant de la date à laquelle elle avait eu lieu. Nous avions fait ce choix, pensant ne pas pouvoir gérer une deuxième fois la mort de Zoé.

Au lieu de cela, Juliette reçoit un appel de la chambre mortuaire, juste entre deux patients comme à chaque fois, pour lui dire que Zoé sera incinérée le soir même ou le lendemain matin, avec d'autres bébés. Ce coup de fil nous replonge en arrière, à la naissance de notre petite Zoé, et au deuil que nous venons à peine de commencer. J'envoie un message, la gorge serrée, à nos familles et à nos proches, en leur demandant d'avoir une petite pensée pour elle.

Dimanche 10 janvier, Zoé et Lucas

Avec Noël et les vacances, cela fait plusieurs semaines que j'attends de pouvoir retourner chez la psy. À peine installé dans son canapé, les yeux fermés, sentant l'alternance des vibrations dans mes mains, je cherche à entrer en contact avec Zoé. Rien à faire.

J'entends un ronflement de chien juste à côté, il a l'air de passer un bon moment mais il m'empêche de me laisser aller.

Petit à petit, je commence à partir, je l'appelle désespérément. Je demande à Lucas de venir m'aider. Il s'ensuit une sensation étrange, j'ai l'impression d'avoir les yeux grands ouverts alors qu'ils sont toujours bien fermés. La lumière devient de plus en plus intense et semble venir de partout à la fois. J'ai maintenant l'impression de flotter dans un cube aux parois lumineuses qui auraient été repoussées à l'infini. L'air est cotonneux. Lucas flotte aussi à côté de moi. J'ai de plus en plus de mal à respirer, mon rythme cardiaque s'accélère. Je me sens de plus en plus oppressé, j'ai l'impression que ma cage thoracique est comprimée. Je respire de plus en plus bruyamment et de façon saccadée, comme si j'étais dans un espace où je manquais d'air, où chaque respiration pourrait être la dernière. Je demande à Lucas d'aller chercher Zoé, il regarde partout dans cette immensité blanche mais ne la trouve pas. J'ai de plus en plus de mal à supporter ce sentiment d'oppression, d'autant plus que je n'ai plus aucun repère, Zoé est introuvable.

À force de lutter, je finis par réussir à quitter ce lieu

et je me retrouve au moment de l'IMG de Lucas dans cette salle de la maternité où je suis si souvent retourné. Deux images alternent comme la lumière d'un stroboscope, moi debout avec Nathalie sur le lit, puis la même scène avec la sage-femme qui tient Lucas à bout de bras. L'une remplace l'autre sans fin, à un rythme régulier. Je finis par noter qu'un changement est intervenu par rapport aux autres fois où j'ai revécu la scène : j'arrive maintenant à voir le visage de Nathalie. Elle a le regard dans le vide, triste. Une certitude m'envahit alors, je dois absolument la contacter pour m'excuser de tout ce que je n'ai pas su gérer pour notre fils. Je le réalise maintenant grâce à Zoé.

La séance se termine, je ne mentionne pas ces deux moments à Cathy D., j'en suis incapable.

Je repars en vélo à destination de Saint-Maur. C'est un moment que j'aime particulièrement après les séances, cette heure de trajet pour revenir du XVe. C'est un des rares instants où je suis seul, où je peux prendre le temps de digérer ce qui s'est passé, y repenser pour essayer de comprendre ce qui s'y est joué. Le trajet est toujours le même et j'ai besoin de cette routine, de pouvoir rouler en mode automatique en regardant défiler le paysage. D'abord je commence par rejoindre les quais rive gauche, juste avant de longer la tour Eiffel sur ma droite. Je traverse ensuite au niveau de la Concorde pour rejoindre les voies sur berge rendues aux piétons et cyclistes. C'est l'un de mes endroits préférés à Paris, je m'émerveille à chaque fois de cet enchaînement de perspectives des ponts de Paris où les piliers se chevauchent puis se séparent au fur et à mesure de mon avancée. La dernière partie du trajet débute au niveau du Chinagora, à la confluence de la Seine et de la Marne. C'est à cet endroit que je rejoins les anciens chemins de halage des bords de Marne entourés de verdure. J'y croise souvent des péniches qui fendent l'eau à une vitesse à peine plus grande que la mienne. Le plus beau moment pour les croiser, c'est le matin tôt, quand la Marne est encore vierge de tout clapot et que seule l'avancée d'une péniche vient perturber tout ce calme. À chaque fois je pense au plaisir que doit ressentir le batelier, à évoluer sur ces rivières et voir en continu l'écoulement de l'eau le long de la péniche.

Je finis par me décider dans l'après-midi à envoyer un SMS à Nathalie. J'en parle quand même avant avec Juliette, qui me conforte dans mon idée. Un SMS simple pour lui laisser la possibilité de ne pas me répondre. Il ne fait que quelques lignes où je m'excuse pour tout ce que je n'ai pas fait au moment de Lucas et où je lui dis que je m'en rends d'autant plus compte avec l'IMG de Zoé.

Je ne m'y attendais pas mais elle me répond quelques heures plus tard, me dit en substance que nous étions jeunes, que nous avions fait ce que nous pouvions, mais qu'elle me remerciait pour mon message. Nos relations allaient pouvoir être apaisées maintenant et c'était grâce à Zoé.

Dimanche 17 janvier, le départ de Zoé

Les séances du dimanche deviennent routinières. Je pars en vélo sous un soleil d'hiver, redoutant pendant tout le trajet l'issue de la séance. C'est quitte ou double à chaque fois, j'en sors reboosté pour la semaine, ou six pieds de plus sous terre.

J'ai retrouvé la même confiance dans ce lieu qu'il y a cinq ans. J'arrive, m'installe dans le canapé, vérifie que les chiens ronflent calmement, ferme les yeux ayant pris dans chaque main un petit caillou vibrant et je pars. Cette fois-ci, je me retrouve au milieu d'une rue sombre. Une rue comme on en voit dans les westerns, avec des maisons de part et d'autre et le désert tout autour. Il fait nuit, tous les bâtiments sont gris-noir, le ciel est menaçant. Il n'y a pas un bruit.

Je suis assis au milieu de la rue, les jambes en tailleur, Lucas se tient debout à mon côté. Il a maintenant la taille et l'apparence d'un enfant de dix ans. Zoé finit par arriver, elle se tient à un mètre de moi et semble flotter dans l'air, avec ses grands yeux noirs. Elle aussi est de couleur grise. Nous restons longtemps ainsi, à nous regarder sans bouger, sans un mot car elle ne peut pas parler.

Je sens que Zoé me fait de nouveau confiance, elle s'approche doucement jusqu'à ce que je puisse la prendre dans mes bras. Je la tiens tout contre moi, dans la même position qu'après qu'elle fût née morte. Je suis heureux de retrouver cette sensation que j'ai éprouvée alors et je sens qu'elle m'apaise.

Les minutes passent dans le plus grand silence. Le décor se met à changer, nous sommes maintenant tous les trois allongés au milieu de hautes herbes non loin d'une montagne. Zoé et Lucas sont à ma gauche, nous regardons tous les trois les nuages défiler. Nous sommes rejoints par une panthère noire, mon animal totem, qui vient se positionner juste au-dessus de nos têtes. Je mesure ma chance à ce moment-là, d'avoir un animal totem qui en impose, et pas un ver de terre, ou une araignée comme Cédric Villani.

Le gris de Zoé commence à s'estomper, elle devient d'un blanc de plus en plus lumineux et m'invite à la suivre dans une clairière entourée d'une forêt de bouleaux, tellement dense qu'il est impossible de passer au travers. Il y a un côté rassurant, nous sommes comme dans un cocon où rien ne peut nous arriver. Nous nous asseyons tous les deux, les genoux regroupés juste sous le menton, à attendre que la nuit veuille bien tomber. L'herbe est épaisse et agréable au toucher. Il y a une brise légère qui maintient une température agréable. On doit être en été.

Aux premières lueurs du crépuscule, Zoé se relève et part en direction du ciel, me laissant seul.

Il n'y a pas un bruit, je suis calme et serein. Zoé vient juste de partir et je contemple maintenant un ciel étoilé, lumineux comme ceux que l'on voit en montagne, lorsqu'on est loin de toute source de pollution. J'ai réussi à laisser Zoé s'en aller, et au fond de moi j'espère un jour la revoir.

Dimanche 7 février, une dernière rencontre avec Zoé

Ma dernière séance m'a donné ce que j'étais venu chercher : une rencontre avec elle, dans l'espoir qu'elle me rassure, me déculpabilise. Les rencontres ont finalement pris une tournure très différente. Ironie du sort, elle ne peut pas parler, elle ne pourra jamais me dire qu'elle me pardonne. Mais elle l'a fait à sa façon avec cette main sur ma joue, pleine d'affection, dont j'en ressens encore la sensation.

Trois semaines après cette dernière séance, je passe une semaine totalement déprimé. J'ai l'étrange impression de ne plus arriver à avancer. Sur les instructions de Juliette, je prends rendez-vous chez Cathy D., ne sachant pas trop pourquoi j'y vais, Zoé étant partie.

Installé dans le canapé, les vibreurs dans les mains, je mets du temps à me mettre dedans, il y a encore un des chiens qui ronfle bruyamment juste à côté de moi. À croire que je les apaise...
À force de chercher à me connecter à mes émotions, une âme de couleur grise prend forme devant moi, c'est celle de Zoé avec ses grands yeux noirs. Mais cette fois, elle a les traits déformés par la souffrance, comme dans le tableau de Munch, *Le Cri*.
Je sens qu'elle a envie d'approcher, de fusionner avec moi. J'ai peur, peur de ce qui pourrait arriver, je recule pour me maintenir à distance. Cathy D. m'encourage à l'accueillir, me dit qu'il ne pourra rien arriver.

Je laisse Zoé s'approcher de moi, je me sens doucement rentrer en elle. C'est une sensation étrange, un peu comme si j'entrais dans de la gelly. La sensation n'est pas si désagréable finalement. Une fois à l'intérieur, je me retrouve à aspirer, tout doucement, une substance grise qui émane de Zoé. Au fur et à mesure que j'aspire, sa couleur change et passe du gris à un blanc luminescent.

Lorsque j'ai fini de tout absorber, qu'elle a retrouvé son éclat et que ses traits sont apaisés, elle se dégage lentement de moi et me contemple, le regard serein. Je vomis alors tout ce que j'ai ingurgité jusqu'à la dernière goutte. Aujourd'hui encore, je ne sais pas si c'est elle qui avait besoin que je la guérisse, ou moi qui avait besoin de la sauver.

En Afrique, dans des cas comme le nôtre, on raconte que l'âme a changé d'avis en chemin, qu'elle a préféré faire demi-tour plutôt que de s'incarner. Mon pardon a été dans sa libération.

L'après

Zoé est partie il y a maintenant trois mois, au moment où j'écris ce texte. J'ai l'impression qu'une année entière s'est déjà écoulée. La plupart des gens que nous connaissons ne nous parle plus d'elle, certains car ils n'osent plus le faire, les autres car le temps du deuil est pour eux consommé. Nous ne pouvons leur en vouloir, c'est dans l'ordre des choses, son passage parmi nous ayant été si bref.

J'ai été très en colère après la mort de Zoé quand, à certains moments, partageant notre douleur avec notre entourage, nous devions en consoler certains, d'un malheur qui ne leur appartenait pas. Avec le recul, c'était sûrement la façon qu'ils avaient trouvée de partager notre souffrance.

Peu de gens comprennent que la seule chose que l'on attend dans ces cas-là, c'est un silence. Mais pas un silence pesant qui met mal à l'aise, non, un silence qui dit que l'on vous comprend et que l'on est avec vous. Juliette a des amis que nous voyons rarement car ils habitent à l'autre bout de Paris. Ils ont deux enfants en bas âge. Il y a quelques années, ils sont passés par une IMG pour leur première fille. Elle avait une malformation de l'intestin et elle aurait dû passer sa vie avec une poche. Depuis, à cause de leur décision, son amie ne parle plus à sa belle-famille, trop de choses ont été dites. Juliette a reparlé de l'IMG avec eux et la conversation ressemblait plus à un silence où elle savait qu'ils se comprenaient et qu'il n'y avait rien à dire, ni à faire.

J'ai eu cinq enfants. Tous font partie de mon quotidien. Il n'y a pas une semaine sans que je pense à Lucas et à Zoé. Ils continuent d'être présents et de vivre à mes côtés. J'ai un tatouage avec deux bouleaux depuis peu, car je voulais être sûr de ne plus jamais les oublier.

Zoé m'a permis d'en finir avec mon divorce, de demander pardon. L'empreinte de ses petits pieds est toujours rangée dans une boîte dans notre chambre pas très loin de notre lit.

La première fois que je suis allé à Venise, au détour d'une rue, nous étions tombés sur une cour privée avec un puits en son centre, exactement comme dans *Corto Maltese à Venise*. J'étais resté émerveillé, le temps semblait s'être arrêté dans ce lieu, avoir traversé les siècles sans dommage. Notre rencontre avec Zoé fait partie de ces instants où le temps se fige pour toujours.

Sur le chemin du retour des vacances de ski, nous avons écouté un podcast sur la physique quantique. C'était un professeur de l'université Paris-Saclay qui avait écrit un livre pour expliquer la physique quantique sans aucune équation. Passionnant.

Je me rassure aussi en me disant que Zoé est resté dans un état quantique. Nous n'avons pas voulu savoir quelle était sa réalité, elle est restée dans un état indéterminé caractérisé par deux probabilités d'occurrence. De toute façon nous n'aurions pas supporté de savoir qu'elle n'avait pas de trisomie, elle était trop attendue.

Lorsque nous l'avons rencontrée hors du ventre de sa mère elle était morte, mais tellement belle. C'est elle qui m'a permis de me reconstruire.

Épilogue

Nous sommes le samedi 22 mai, par une belle après-midi ensoleillée. Je viens de planter un bouleau dans mon jardin. Mais pas n'importe quel bouleau : celui de Lucas et de Zoé.

C'était un moment que j'attendais depuis longtemps, une nouvelle étape dans mon processus de deuil. Aussi j'ai pris mon temps, car je voulais savourer ce moment le plus longtemps possible.

Cela faisait plusieurs semaines que j'étudiais le meilleur endroit pour le planter dans le jardin. Un emplacement bien ensoleillé, où je pourrais le contempler le matin en prenant le petit déjeuner sur le perron, mais aussi lors de toutes mes allées et venues hors de la maison.

Depuis que je suis allé l'acheter chez le pépiniériste, je me répète régulièrement toutes les étapes à respecter : d'abord creuser un trou le plus parfait possible, large de deux fois le diamètre du pot ; puis déposer une couche de terreau au fond en l'arrosant largement ; faire tremper quelques minutes la motte du bouleau dans un seau rempli d'eau ; enfin la déposer dans le trou et combler les espaces avec un mélange de terre et de terreau.

Au final, j'y ai passé tout l'après-midi je crois. Cela faisait longtemps que je n'avais pas ressenti une telle sérénité.

À la dernière pelletée de terre, j'ai été rejoint par Arthur, et nous avons arrosé l'arbre copieusement, pour être sûrs qu'il se sente bien.

Il est magnifique, d'une variété dont le tronc est d'une blancheur éclatante. Chaque fois que je passe à côté, je pose ma main dessus pour sentir la vie qui est en lui.

Cette semaine, je vais m'atteler à la dernière étape,

la confection de deux plaques d'argile sur lesquelles je vais graver les prénoms de Lucas et Zoé. Je compte les accrocher à l'une des branches de leur arbre.

Le bouleau est l'une des sept essences des druides, il représente la force d'un commencement.
C'est l'arbre des unions, mais aussi l'arbre du commencement, le premier des Oghams[7]. Pourtant, dans la pensée des druides, il n'y a ni début, ni fin. Mais l'idée de commencement que représente le bouleau n'est pas celle d'un début, c'est celle d'une métamorphose. Chaque état nouveau se constitue à partir d'un autre, lui-même déjà issu d'une transformation précédente.

Zoé ne s'était pas trompée en m'invitant dans cette clairière entourée de bouleaux.

---

7 Première forme d'écriture celtique, retrouvée dans des inscriptions du IVe au VIIe siècles en Irlande et au Pays de Galles.

Table des matières

Lucas   7

Juliette   21

Zoé   37

L'après   95

Épilogue   99